集英社文庫

僕らの夏

おいしいコーヒーのいれ方II

村山由佳

集英社版

おいしいコーヒーのいれ方II

僕らの夏◈目次

〈前巻のあらすじ〉

高校三年になろうという春休み。父親の九州転勤と、叔母夫婦のロンドン転勤のために、勝利《かつとし》は、ここ数年間会ったこともないいとこたち、かれん・丈《じょう》姉弟と共同生活をさせられるはめにおちいった。しぶしぶ花村家へと引っ越した勝利を驚かせたのは、彼の高校の新任美術教師となるかれんの美しい変貌ぶりだった。

いつしか五つ年上の彼女を一人の女性として意識しはじめる勝利。やがて、かれんが花村家の養女で、彼女が想っていた『風見《かざみ》鶏《どり》』のマスターの実の妹だと知った彼は、かれんへの愛をいよいよ強める。いっぽう、胸のうちにつらい秘密をかかえていたかれんも、自分を見守っていてくれる勝利のまなざしに気づく。

そして、三月のある日。冷たい風が吹きすさぶ海辺で、互いの想いを打ち明け、初めてのキスを交わした二人だったが……。

僕らの夏

おいしいコーヒーのいれ方II

HEARTACHE TONIGHT

1

僕の腕の中には、いま——かれんがいる。ほっそりとして柔らかな、かれんのからだがある。

あおむけになった僕の胸の上に、彼女の重みがのっている。でも、こんなに息が苦しいのは、そのせいばかりじゃない。

そこは、かれんの部屋だった。ベッドサイドのテーブルにのった小さなスタンドだけがついていて、僕らのまわりはぼんやりと明るい。壁の時計に目をやると、夜中の十二時を少しまわっていた。

さっきから僕は、かれんのベッドに斜めに横たわって天井を見あげている。ひざから下がベッドからはみ出し、つま先だけが床につく状態が続いているために、正直なところ、そろそろ足がしびれ始めている。

かれんは、僕の上にうつぶせにのっかったままだ。しなやかな腕を僕の首にからみつかせて、ほっぺたをぎゅっと押しつけている。僕のてのひらがやけどしそうに熱いのは、すべすべした彼女の背中が、熱でもあるかのようにほてっているせいだ。

「かれん……」

と、僕は呼んだ。普通にしゃべったつもりが、かすれ声になってしまう。

「かれんってば」

「んん……？」

「何か着ろよ」

「や」

「なんで」

「だって暑いんだもーん」

彼女は、だだっ子のように僕に抱きつき直した。めずらしくコロンをつけているのか、薔薇《ばら》の花のような甘い香りがかすかに鼻先をかすめて、瞬間、頭の中がグラリと沸《わ》く。

「か……風邪《かぜ》ひいても知らねえぞ」

必死に平静を保とうとしながら、僕は声をしぼり出した。

「平気よぉ。こないだひいて治ったばっかりだもん」

「そんな理屈があるかよ」

「もう免疫《めんえき》できちゃってるもーん」

「お前……しゃべると酒くせえぞ」

「あたりまえでしょー。お酒飲んだんだもーん」

「この酔っぱらいが」

クスクスと、なんだか幸せそうに彼女は笑った。僕の心臓が激しく動悸《どうき》を打っていることには、まるで気づいていない。いい気なものだ。

＊

この状況を、最初からちゃんと説明しようとすると、時計の針を三十分ばかり前に戻さなければならない。正確には、四月十五日・夜十一時三十五分。かれんが帰って来たのはその時間だった。同僚の国語の先生の結婚式だったのだ。

あの高校には、僕も数か月前まで通っていたわけだから、今日結婚した国語の先生のこともよく知っている。けっこう美人で、男子生徒に人気のある先生だった。もちろん、かれんの人気には比ぶべくもないが。

一年前の四月から、かれんは光《ひかり》が丘《おか》西高で美術を教えている。一年前とはつまり、かれんと、その弟の丈《じょう》と、僕――のイトコ同士三人が、ひとつ屋根の下で一緒に暮らし始めたときから、ということだ。

同居のきっかけは、かれんたちの両親であり、死んだおふくろの妹夫婦である花村《はなむら》夫妻がイギリスに、そして、僕の親父が九州にと、それぞれ転勤が決まってしまったためだった。親父は我が家を人に貸し、僕を花村家で生活させることに決めたのだ。

僕について言うならば、そんなの初めはさっぱり気が進まなかった。おふくろを亡《な》くして以来、長いあいだ親父と二人暮らしだった僕にとっては、これまでろくに行き来のなかったイトコどもと生活を共にするなんて、考えただけでも気が重かったのだ。一人のほうがよほど気楽だと思った。

でも、そのことで相談を持ちかけると、行きつけの喫茶店『風見鶏《かざみどり》』のヒゲのマスターは、僕に向かってこんなふうに言った。

「なあ勝利《かつとし》。お前はもう少し、人に甘えることを覚えたほうがいい。あいつらと一緒に暮らしてみたらどうだ。そうやって、守ったり守られたりする生活を、いっぺん味わってみるといい」

で、実際にそういう生活を始めてみたわけだが……この一年間、「守られ」ていると感じたことは、残念ながらほとんどなかった。親父と暮らしていた時と同様、僕はあいかわらず一家の主婦（主夫？）で、炊事《すいじ》・洗濯・掃除のいっさいをやらされる羽目になっていた。人数が増えたぶんだけ、面倒も増えたくらいだ。

今度中三になったばかりの丈は、手伝うどころか汚れ物を増やしてくれる一方だし、紅一点のかれんはといえば、これが何の役にもたたなかった。彼女の名誉のために弁解しておくが、かれんにしても、家事をしようとしなかったわけではないのだ。ただ、横で見ている僕のほうがイライラ・ハラハラしてしまって、結局、

「もういい、あっちでテレビでも見てろ」

とか言いだすことになるだけなのだ。

「なんでもさあ、一番うまいヤツがやるのがいいんじゃねーの？」と、丈などは言う。「勝

利の作ったメシが一番うまい。勝利の洗った茶わんはぴっかぴか。勝利の掃除したあとにはチリひとつ落ちてない。なっ？　決まりじゃん」

……いまいち納得いかないが、まあ、全部本当のことだから仕方がない。

ともかく、かれんの話だ。

二十三にもなるくせに、かれんというヤツはどうにも頼りないというか、あぶなっかしくてしょうがない。五つ年下の僕のほうが、まるで保護者みたいだ。

今夜も彼女の帰りがあんまり遅いので心配になって、そのへんまで迎えに出てやろうかとヤキモキしていたところへ、門の外で車の止まる音がした。玄関を飛び出してみたら、ゆっくりと開いたタクシーのドアの中にかれんの姿が見えた。

門のところまで出て行った僕を見るなり、

「わぁい、ショーリだぁ」

と、かれんは言った。

結婚式の二次会か三次会で、ワインでも飲んだのだろう。頬《ほお》がぽうっと赤くなって、目が眠そうだ。いつもは学校へ行く時でさえほとんどスッピンなのだが、さすがに今夜は口紅ぐらいはひいている。ごく淡い、花びらみたいなピンク。

「ただいまぁ」

かれんは、ふわわんとした顔で笑った。

ああもう、チキショウ。

こみあげてくる感情に、身をよじりたくなった。つくづく、惚《ほ》れてるなあ俺、と思う。

本当は、「こんなに遅くなるなら電話くらいしろ」と言ってやるつもりだったのだが、顔を見たとたんにすっかりその気が失《う》せてしまった。

小鳥みたいに首をかしげて、かれんが言った。

「こんなとこで、何してるの—？」

……そりゃねえだろう。

僕は、ぶすっとして言った。

「夜桜見てんだよ」

つまらない、男の意地だ。

「なんだあ」と、かれんは言った。「迎えに出てきてくれたのかと思ったのに—」

そのとおりだよ、ばかたれ。

「いいから、早く降りれば」

「はぁい」

地面に足をおろし、立ちあがろうとして、かれんはぐらりと傾いた。

「あっ、こら」

手を貸そうとして走り寄ったときだ。

「やあ、勝利くん」

ギクッとした。

声のほうを見ると、タクシーの後部座席の奥に、中沢《なかざわ》さんが座って、暗がりから僕を透《す》かし見ていた。思わず、顔がひきつる。

(なんであんたが一緒なんだよ?)

そう思ってから、気がついた。

中沢さんだって、今年からは光が丘西高の英語教師に――かれんの同僚になったのだ。まだ日が浅いから、披露宴《ひろうえん》には招かれなかったにしても、二次会や三次会なら参加したって不思議じゃない。

「じゃ。確かに送り届けたよ」と、中沢さんは言った。

「……どうも」と僕は言った。「お世話かけました」

中沢さんは黙ってうなずくと、運転手をうながした。ドアが閉まり、タクシーがすべり出して行く。

「おやすみな、さぁーい」ろれつのまわらないかれんが、能天気に両手をあげて大きくふった。「ばあぁいぶぁーいっ」

「危ねえったら、もう!」

ゆらゆらと前後左右に揺れている彼女の体を支えながら、遠ざかっていく赤いテールランプを見送る。

たぶん、僕の顔は、中沢さんからは逆光で見えなかっただろう。玄関のライトが背中からあたっていたから。

……助かった。嫉妬《しっと》がむき出しになった瞬間の表情なんか、恋敵《こいがたき》に見せたい類《たぐい》のものじゃない。

中沢さんは、かれんよりは五つばかり年上で、『風見鶏』のマスターの後輩だ。彼がむかし、最愛の人を事故で亡くしたことや、今はかれんを好きなことを、僕は知っている。反対に中沢さんのほうも、僕がかれんを好きで、今までにたった一度だけキスをしたことを知っている。

今のところは僕のほうがどうにか一歩リードを奪っているものの、まだまだ油断できる状態ではなかった。なぜなら、中沢さんは昼間かれんと言葉を交わしたり、仕事の面で互いの相談相手になったりすることができるからだ。僕にはそれができない。僕は僕で、数日前からいよいよ通い始めた大学の、新しいあれこれに慣れなければならない。かれんの気持ちが中沢さんのほうへ動いてしまわないかどうか、どんなに心配でも、ずっとくっついて見張っているわけにはいかないのだ。

とはいえ、悲観すべき材料ばかりでもないのだった。中沢さんにだって、ハンディはある。

たとえば、卵の固さについてのかれんの好みだとか、彼女が朝一番に冷蔵庫を開けて何をするかなんてこと、中沢さんはきっと知らないだろう。まだ寝ぼけまなこのかれんのおでこを指でピンと弾《はじ》いて涙目にさせることや、風呂《ふろ》あがりの彼女と廊下ですれ違いざまに、パジャマの襟《えり》もとから立ちのぼる石けんの匂《にお》いに思わずふり向くこと。丈も混ぜて三つどもえでファミコン合戦をやることも、くたびれた彼女がソファでお得意のうたた寝をする姿を見ることも……中沢さんにはできやしない。

そして、それより何より、自信を持って言えることがひとつある。かれんが自分の出生にまつわる秘密を打ち明けたのは、ただ一人、僕だけだということだ。

じつをいうと、かれんは、花村家のほんとうの娘ではない。花村のおじさんと僕の親父の、大学時代の先輩の遺児だ。ほんの小さい時に交通事故で両親を亡くして、花村の家に引き取られた。『風見鶏』のヒゲのマスターこそが、かれんの、血のつながった兄貴なのだ。

——中沢さんはそんなこと、何も知らないじゃないか。

ようやく少し気をとり直して、僕はかれんの右腕を取って自分の首にまわした。

「ほら、ちゃんとまっすぐ立てよ」

「立ってるじゃないのよぉ」

「それのどこがまっすぐなん……あっバカ、俺の首を絞めてどうする!」僕はもがくようにして、首に巻きついたかれんの腕をゆるめた。「殺す気か? まったく、いったいどれだけ飲んだらそんなになるんだ」

かれんは一人でけらけら笑っている。

行きがけに着ていた春物のコートを、彼女は脱いでしまっていた。つややかな光沢《こうたく》のある黒いドレスは、ウエストがきゅっと絞ってあって、ひざより少し短いすそがバレエの衣装みたいにふんわりひろがっている。昔、オードリー・ヘプバーンが映画の中で着ていたような、上品でクラシックな感じのするドレスだ。

それは、かれんに素晴らしくよく似合っていた。ただひとつ文句をつけたいのは、えりぐりが大きくあいていることだった。

惜しげもなくむき出しにされた肩や、柔らかそうな胸もとや、長い髪を結《ゆ》い上げているためにあらわになった真っ白なうなじが、玄関の明かりと月の光に照らされて、ほのかに輝いてみえる。神々しいほどだ。

この玉の肌を、中沢の野郎にもとっくり拝ませてやったのかと思ったら、むしょうに腹が立ってきた。ほんとにこいつは、男ごころにウトいというか何というか……要するに、なぁんにも考えちゃいないのだ。

僕は、かれんの腰を抱きかかえた。つるりと冷たい生地《きじ》の感触と、それを通しててのひらにじんわり伝わる彼女の肌の温かさが、なんだかたまらなくエロティックだった。男にしかわからない理由で、急に歩きづらくなる。

「しっかり歩けよ」と、僕は言った。

「やーん、もう動けないー」

酔っぱらった彼女は、すっかり子供に返ってしまっていた。手を放すと、ふにゃふにゃと崩れてすわりこもうとする。

「抱っこして連れてって」

「なにぃ？」僕は目をむいた。

「いいじゃない、抱っこ、ショーリ、ケチ」

「お前、言ってることがぐちゃぐちゃだぞ」

でも、結局はかれんのわがままが通った。まあいつものことだ。

結い上げた髪や金細工のピアスが、綿シャツのボタンに引っかからないように気をつけながら、ひざの後ろに腕をさしいれて抱きあげる。幸い、思ったよりは軽い。彼女の体にこんなにしっかりと触れるのは、あの展望台でのキス以来、三週間ぶりだ。

あれから後、僕らの間には、情けないくらいなんにもなかった。手も握らなければ、甘酸っぱい目くばせすらない。僕からは仕掛けることもできなかった。かれんの様子があまりにもフツーすぎるので、何となく気おくれしてしまったのだ。手でも握ろうものなら、きゃあ、とか言われてしまいそうな気がした。

(確かにあの時、かれんは「大好き」って言ったよなあ……)

恋人らしいことがこうまで何もないと、それさえも自信がなくなってくる。

（キツネに化かされたんじゃないよなあ。いつのまにか妄想《もうそう》を信じ込んじまったわけでもないよなあ）

そんなわけで、こうしてかれんを抱いて運んでいるだけでも、僕の心臓はけっこうドキドキしていた。

玄関のドアを入ろうとすると、はしゃいだ声で彼女が言った。

「わぁ、花嫁さんみたーい」

「なんでだよ」

「えー、知らないの？」

「何がだよ。知らねえよ」

照れかくしからくる僕のぶっきらぼうな物言いなど気にするふうもなく、彼女はのんきな調子で言った。

「あのねー、欧米ではねー、結婚した二人が新居のドアを初めてくぐるとき、男のひとはお嫁さんを抱きあげて入るんだってー」

「へ……へーえ」

こいつは、自分の言ってることがわかってるんだろうか？　僕は首をひねった。わかってるわけはないな、と思う。素面《しらふ》のかれんなら、絶対に言えないせりふだ。

「あらぁ？」

「な、何だよ今度は」

「ショーリってば、顔が赤ーい。ショーリもお酒飲んだのぉ？」

「うるせえな。手ぇ放すぞ」

彼女を抱いたまま廊下をカニ歩きして、暗いキッチンを通り過ぎた。椅子《いす》の背に、かれんの足がごつんとぶつかる。

「いったぁーい！」かれんは、思いきり大げさな声をあげた。「ショーリ、ねえ、今の痛かった。ねえってばショーリ、痛かったっ。もしもーし、ショーリーぃ」

「悪かったよ！」と僕は怒鳴った。「謝りゃいいんだろうが謝りゃあ。まったく、文句があるなら自分で歩け」

「……今日のショーリ、おっかなーい」かれんはつまらなそうにぐすんと鼻を鳴らした。

のれんの下がった狭い戸口を苦労してくぐる。二階に続く階段を、手すりに彼女の足がぶつからないようにと、一段一段ゆっくりのぼった。

半分ほどのぼったときだった。背中でドアの開く音がした。首をねじってふり向くと、丈が自分の部屋から顔をのぞかせて見上げていた。

「まだ寝てなかったのか」と、僕は言った。

「明日の予習をしてたのさ」

「ウソつけ」

丈はぺろりと舌を出した。

「ちゃんと勉強しないと、京子《きようこ》ちゃんにふられちゃうわよー」と、かれん。

「ゴキゲンだなぁ姉貴」と丈は言った。「ひとの心配する前に、自分のほうこそ何とかしなよ。いつまでも焦《じ》らしてばっかいると、勝利のやつが性犯罪に走っても知らねーぞ」

かれんは、手に持っていた小さいパーティーバッグを僕の肩ごしに丈に投げつけた。

ひょいと首をすくめてそれをよけ、

「酔っ払いにしちゃ、いいコントロールしてんじゃん」ニヤニヤしながら丈は言った。「気をつけなよ、勝利」

「何をだ、バカ」

「そいつさ、酒が入ると人が変わんだぜ」

これ以上、いったいどんなふうに変わるのか、奴《やつ》は教えてくれなかった。教えてもらわなくても、まもなくわかったが。

2

かれんにドアのノブをまわさせて部屋に入ると、僕はベッドの上に彼女をおろした。さすがに腕がだるい。脇《わき》にあったスタンドをつける。

なにげなく見おろして、一瞬、桜の花びらかと思った。着ている白いシャツの胸のあたりに、うっすらとピンク色のあとがついていたのだ。満員電車なんかで知らない人にこれをやられるのはものすごくイヤなものだが、かれんの唇が残したものなら話は別だった。このまま洗濯なんかしないで大事に取っておこうかと思ったくらいだ。

かれんが、もぞもぞと起き上がって座った。眠そうに目をこすっている。

「酔いがさめるまで、風呂はだめだぜ」と僕は言った。

「えーっ」

「湯舟でおぼれ死ぬ？」

「うんっ、そうする」かれんは嬉《うれ》しそうに言った。

「ばーか」

「そうするったら、そうするっ」

足をばたばたさせる。お前、ほんとに二十三か？

「いいから、このまま寝ちまいな」と僕は言った。「朝入ればいいじゃないか、明日は日曜なんだし」

かれんは黙ってうらめしそうに僕を見上げていたが、やがて、自分のすぐ隣をぽん、ぽんとたたいた。

「何だよ」

「…………」

もう一度、ぽん、ぽん。

「座れってか？」

かれんがにっこりする。

「俺だってもういいかげん眠いんだからな」

お前を待ちくたびれたせいで、と口をすべらせかけて、あわてて言葉をのみ込む。口では冷たいことを言ってみても、本心はもちろん、もっと、ずっと、ここにこうしていたいのだった。そばにいて、かれんの息づかいを聞いているだけで、頭の中がしびれてしまいそうになる。

けれど、そんな素振《そぶ》りなんかおくびにも出さずに、僕は彼女の隣に腰をおろした。ベッドのスプリングがギシリときしむ。それきり彼女が何も言わないので、僕はしかたなく、部屋の中のあれこれを眺めまわしはじめた。

八畳くらいの洋室だった。一年も一緒に住んでいるというのに、考えてみればかれんの部屋に入るのはこれが初めてだ。なんとなく、ピンクの壁紙とか山ほどのぬいぐるみを想像していたのだが、実際には壁紙は白だったし、ぬいぐるみもあるにはあるが、愛想のない白ウサギただ一匹だった。リアルなガラスの目玉が、たんすの上から僕を見下ろしている。

窓の近くにはイーゼルが置いてある。キャンバスは載《の》っていない。自分の絵を描《か》く時間が、なかなかとれないのだろう。

机やベッドやドレッサーなんかは、ダークブラウンの木製のものでそろえられていた。ベッドカバーはサックスブルー。カーテンは大人っぽい感じのシックな花柄だ。アイボリーの地に、ブルーの濃淡で薔薇の花が描《えが》かれている。

胸の奥まで、そっと息を吸い込んだ。女のひとの部屋ってのは、いい匂いがするものだなと思った。空気まで柔らかい感じがする。

隣で、かれんが何かごそごそやっている。ふと目を戻した。

「な……」

口があんぐりと開くのが、自分でもわかった。

かれんが立ち上がって、ドレスを足の先から抜き取ったところだった。ふらふらしながら、ベッドのそばにある木の椅子の上に、脱いだドレスをぽいっと放り投げる。

「何やってんだ、お前！」

泡を食っている僕とは対照的に、かれんの答えは、あいかわらずのんびりとしたものだった。

「だって、暑いんだものー」

だとすれば、いまはさぞや涼しかろう。彼女が身につけているのは、肩ひものないシルバーグレーのブラと、揃《そろ》いの色のショーツだけだ。

続いてかれんは両手を背中にまわした。眠そうな顔をしかめながら、何やら苦心してい

る。それがなんと、ブラのホックをはずそうとしているのだと気づいたとたん、

「ストーーップ！」僕は怒鳴った。「ちょっと待て。俺が出てくから頼む、待ってくれ。はやまるな」

あわてふためいて立ち上がった時だ。僕の腕が、かれんのひじにぶつかった。

「あ……」

かれんの体が大きく揺らいだ。

とっさに、支えようと手が前に出る。腕だけでは支えきれなかった。彼女を抱きとめたまま一、二歩後ずさる。ひざの裏側がベッドのへりにぶつかって、後ろ向きに倒れた。その僕の上に、かれんが倒れかかった。スプリングにはね返されて、成り行きで抱き合ってしまった僕らの体が弾《はず》む。

やがて、ベッドの揺れが止まった時——クスクスと、かれんが笑いだした。

「おい、こら」

僕の首に腕をまわして抱きついてくる。

「よせってば！」

どう考えても、いつものかれんではない。丈が言ったのは、こういうことなのだろうか。

酔っぱらうと、脱いで抱きつく癖があるなんて……。だとしたら、これからは絶対に外でなんか飲ませられない。これが帰りのタクシーの中だったらと思うと……考えただけで火を噴きそうだ。ふた月ばかり前に風呂場で彼女の全裸を目撃したあの時みたいに、鼻血を噴き上げなかっただけでも、どえらい進歩かもしれない。

「あー。じょりじょりするー」僕のあごに頬をすり寄せて、歌うようにかれんが言った。

「ショーりったら、おひげはえてるー」

「し……しょうがねえだろ」裏返った声で、僕は言った。「朝そったっきりなんだから」

「それで、こんなに伸びちゃうのー？」

「だってもう、真夜中だぜ」

高二の終わりごろからだったろうか。前は二日に一度ですんでいたのが、毎朝そらないと追いつかなくなった。親父はある日、黙って僕に自分の電気シェーバーをくれた（で、自分は新しいのを買ってきた）。

こういうのにはけっこう個人差があって、クラスには、三日に一度で間に合う奴もいれば、一日二回の奴もいた。上も下もなかなかはえてこないことに、マジで悩んでる奴もいた。いろいろフクザツなのは、女だけじゃないのだ。

すりすりと、まるで猫が甘えるみたいな仕草でほっぺたをこすりつけながら、かれんが言った。

「ちくちくして、いやーん」

「な……なら離れろよ、な？」

「ショーリにおひげなんて、へーんなのー」

「ど、どうして」

「だってー」かれんは言った。「男のひとみたーい」

……がっくりきた。心底、落ちこんだ。もしかして、とは思っていたが、やっぱりそうだったのか。

こいつは……この愛《いと》しいひとは、僕のことを「男」だなんて思っちゃいないのだ。だからこそ、いくら酔っぱらっているとはいえ、こんなにも無防備に脱いだり抱きついたりできるのだ。この僕を、性別を持たないただのイトコか、それとも弟か何かみたいに思っているのか……。展望台で「大好き」だと言ってくれたあの言葉の意味さえ、どうやら僕が期待していたものとは少しばかりズレているらしい。

「放せよっ」苛立《いらだ》たしさが突き上げてきて、僕は彼女の腕をふりほどこうとした。

「やーだよーん」かれんは、ますますきつく抱きついてきた。

わからないのか？　と叫びたくなる。俺は男なんだ。オスなんだぞ。お前ら女にはないものが、ちゃんとくっついてるんだぞ。そう怒鳴りつけてやりたい衝動を、かろうじて抑える。

「いいかげんにしろよっ」と、僕は言った。「俺はもう、寝るんだからよ！」

「だめー。寝かせてあげなーい」と、かれんは笑った。

もう少し違った状況で、もう一度聞きたいせりふではある。

「ショーリってば、ねえ、さっきから、なに怒ってるのー」

「知るかよ！」

「なーんだ、ショーリも知らないのかぁ」

「そういうことじゃなくてだな、」

聞いちゃいなかった。ふぁぁ……とあくびをしながら、かれんは言った。

「抱っこ」

「…………」

僕は、ついに抵抗をあきらめた。赤んぼ返りした彼女を相手に、まじめに怒り続けることにくたびれ果ててしまったのだ。

「しょうがねえなあ、もう」

怒るのをやめたとたんに、力が抜けた。そろそろと、彼女の背中に腕をまわす。抱きかかえると、かれんはふうーっとため息をついて、僕の胸の上に頬をのせた。まるでお乳を飲み終えた赤ん坊みたいな、何もかも預けきった様子で。

僕らはしばらく、じっと抱き合ったままそうしていた。しんと静まり返った家の中で、時たま、柱とか階段なんかがミシッときしむ音が聞こえてくる。少し離れた表通りを、救急車のサイレンがドップラー効果の証明をしながら通りすぎて行った。

早く服を着ろよ、と何度か言ったのだが、暑いからいやだと彼女は駄々をこねた。ベッドからはみ出した膝《ひざ》から下が、だんだんしびれてくる。でも、身動きしたくはなかった。せっかく安らいでいる彼女のじゃまをしたくなかったのだ。

でも、そうしながら僕は、なんだかとてもせつなかった。ものすごく好きな人がほとんど裸に近い格好でそばにいて、抱き合ってベッドに寝ていて……本当ならもっと幸せでもいいはずなのに、どういうわけかせつなくてたまらなかった。

このままいくと、僕はいつまでたっても、「オトコ」ではなくてただの「保護者」のままなんじゃないだろうか。愛情の伝達手段としてのキスなら、たまには許してもらえたとしても、BとかCの匂いがちょっとでもするようなキスは、一生させてもらえないんじゃないだろうか。

「かれん」と呼んでみた。

「はあい？」

「……あのさ」

「なぁに？」

「その……お前にとって、俺って……何なのかな」

僕の声の調子が、いつもと違うことに気づいたのだろうか。かれんは、うつぶせのまま頭をもたげた。

「なにって？」

「だからさ。俺に、いったい何を望んでいるのかって訊《き》いてんだよ」

かれんは、僕の目の中をまじまじとのぞき込んできた。鼻がくっつきそうだ。まだ顔は赤くて、目はとろんとしたままだったが、彼女なりに真剣に考えようとしていることは僕にもわかった。

「なにを・のぞむ・か？」

「ああ」

「ショーリに？」

「そうさ」

「うーん。むずかしいこと訊くのねえ」

「難しくねぇだろ」しんぼう強く、僕は言った。「つまりは、俺にどうして欲しいのかってことだよ」

「あ、なあんだ」と彼女は言った。「それならわかるー」

「なに」

「えっとね」

「……うん」

僕は、息を止めてかれんの答えを待った。ごくりとつばを呑《の》み込む。

そんな僕に向かって、彼女はまるで日だまりの仔猫《こねこ》みたいな幸せそうな顔で笑いかけると――こうささやいた。

「ずうっと、そばにいて」

心臓が、キュッと縮むのがわかった。

「かれん」声にならずに、唇だけが動く。

「ん?」口の両端に、ぺこんとえくぼを作って、かれんは首をかしげた。

(あ……だめだ、もう)

思うより先に、僕の腕は彼女を抱きすくめてしまっていた。たまらずに、体を反転させて上にのしかかる。頬と頬をぴったりと合わせた。彼女の息づかいを、耳もとで聞く。そうしているうちに、我慢できなくなってきた。耳に、そして頬やこめかみのあたりに、何度もキスをする。かたちよくとがったあごにくちづける。ふっくらとした唇は目の前だったが、まだ踏んぎりがつかなかった。

かわりに、少し下がって、胸の上に頬をのせた。かれんは何も言わない。

僕はだんだん大胆になって、細いのどからブラの谷間へと続いていく、その胸もとに唇をふれてみた。温かくて、しっとりとなめらかで、信じられないほど柔らかい。マシュマロみたいな白い胸もとに、細い血管が薄く青く透けてみえる。

宝物だ、と思った。絶対になくせない、こわせない、俺の宝物だ――。

ずり上がるようにして、かれんの両肩のすぐ上に腕をつき、僕は真上からその顔をのぞき込んだ。

彼女は、恥ずかしそうにまぶたを閉じていた。頬が染まっているのが羞《は》じらいのせいかワインのせいかは知らないが、こんなふうになっても、彼女が僕を拒《こば》まずにいてくれることが嬉しかった。少なくとも、好きだと言ってくれたあの言葉は、嘘《うそ》ではないのだ。

それでも僕は、まだためらっていた。気持ちははやるのに、どうしてもそれ以上のことに進めない。全身が心臓になったみたいにドクンドクン脈打っている。二度目のキスだというのに、初めての時よりあがっている。あの時は無我夢中で、緊張なんかしている余裕さえなかったせいかもしれない。

意を決して、そうっと顔を近づけていく。彼女を苦しくさせることが怖《こわ》くて、僕は自分の体重をあまりかけないように、しっかりと両腕をついたままだった。めちゃくちゃ緊張しまくっているくせに、

(毎日の腕立て伏せも、無駄じゃねえな)

そんな考えが、頭の隅っこをちらっとかすめる。

わずかに開いたかれんの唇から、小さな貝殻みたいな前歯がのぞいていた。長いまつげが、頬に青い影を落としている。

なんてきれいなんだろう、と僕は思った。ため息が出てしまう。見れば見るほど、ほれぼれする。「美人は三日で飽きるが、ブスは三日で慣れる」だなんて、あんなの嘘じゃないだろうか。世の中には、いくら見ていても見飽きない女もいれば、いつまでたっても見慣れない女だっている。でも、そういう女と結婚する男だってたくさんいるのだ。すべては個人の好みだし、好みは百人いれば百通りある。

僕がかれんの顔を好きなのは、かれんが一般に言う美人だからじゃなくて、ただ、彼女の顔が僕の好みにぴったりだからだった。そしてもちろん、顔の造作がどんなに好みだからといって、中身が今と違っていたら、ここまで好きになんかならなかっただろう。

要するに、かれんは僕にとっては完璧《かんぺき》なのだった。どんなにヌケていようが、どんなに男心に鈍感だろうが、酔って脱ごうが抱きつこうが、そんなことはどうだってかまわなかった。かれんの全部が好きで好きでたまらなかった。かれんの名前を叫びながら、そのへんをごろごろ転がりまわりたいくらいだった。

……互いの息がかかるくらいにまで近づいたところで、鼻と鼻がぶつからないように、顔を少しだけ斜めに傾けた。どこで教わったわけでもないのにそういうワザが使えるところをみると、どうやらキスってやつは人間の本能のひとつらしい。

情熱とか興奮とかいうよりも、むしろかなりロマンティックな気持ちで、僕は、まぶたを閉じたままの彼女にくちづけようとした、そこで――

（……ん？）

耳を澄ませてよーく聞いてみると、かれんの呼吸はいやに規則正しかった。スーッ……スーッ……という音が、吐く息といっしょに確かに聞こえる。

腕が、カクンとなった。

（マジかよ、おい）

僕は、へなへなと彼女の上に崩れ落ちた。

あんまりだ。いくらなんでも、そりゃあんまりだ。ひどすぎる。ここまで運んでやった恩も忘れて、よくもまあ、そんな仕打ちができたもんだ。

さんざん毒づいている僕なんかそっちのけで、かれんはじつに気持ちよさそうな寝息をたてていた。いったいいつのまに眠りこんだのか、もしかすると、僕がドキドキしながら耳もとにキスなんかしていた頃には、すでに夢の中だったのかもしれない。情けないったらない。自分がピエロみたいに思えてくる。

しかたなく起き上がってベッドの端にすわり、僕は、絵に描いたように幸せそうなその寝顔を見おろした。

「かれん」と呼んでみる。

「おい、かれんってば。そんなカッコで寝たら風邪ひくぞ。かれん。おーい。かれんちゃーん」

返事はなかった。お健《すこ》やかな寝息が返ってくるだけだ。

「まったくもう……」僕はため息をついた。「犯すぞ、このあま」

のろのろと立ち上がり、ベッドカバーをはぐ。かれんが邪魔で、半分ほどしかめくれない。

僕は、横目で彼女を見やった。着やせするたちらしく、こうして見ると、出るところはちゃんと出ている。なかなかのナイスバディだ。またしてもジーンズが窮屈になってくる。ええい、くそ。下着だと思うからいけないんだ。ビキニだと思えばいい。そのほうがまだ楽だ。

僕は、それでも内心びくびくしながら、かれんの体に手を伸ばした。片腕で彼女を持ち上げておいて、その下からどうにか布団をひっぱり出す。ちょっとやそっと手荒に扱ったところで、目を覚ますような気配すらない。頭にきて、シーツの真ん中にごろんと転がしてやった。

「んー」と、かれんが唸《うな》る。

「文句が言えた立場か」

布団をかけてやろうとして、ちょっと迷った。ワイヤーだか何だかの入ったブラが、いかにも窮屈そうに見える。でも、結局はそのままにしておいた。親切心からホックをはずしてやって、後で酔いのさめた彼女にひっぱたかれるのも馬鹿みたいだし、第一、今ここで絶対に鼻血を噴かないという自信もなかったからだ。

自分にもうちょっとでも意気地《いくじ》があったなら、どんなに良かっただろうと思う。でなければ、これほどまでに彼女を大事に想《おも》っていなかったら……。そうしたら、相手が寝ているのをこれ幸いと、あんなコトも、こんなコトもできただろうに。

肩まで布団を引き上げてちゃんとくるんでやってから、僕は枕《まくら》もとのスタンドを消して部屋を出た。気持ちが残っていないと言えば嘘になるが、まさか一晩中寝顔を眺めているわけにもいかない。この家には、僕ら二人だけじゃない。丈だっているのだ。

べつに、丈の目を気にするとかコソコソするとか、そういうことではなくて、これは単に僕自身のこだわり、みたいな問題だった。同居人である彼に対して僕が守るべき、最低限の礼儀とでもいうのだろうか。ケジメだなんて、言葉にすると嘘っぽくなるけれど、そういうところだけはちゃんとしておきたかった。男同士だから、よけいにそう思うのかもしれない。

階段を下りていく。丈の部屋のドアが少し開いていて、隙間《すきま》からまだ明かりがもれている。ひょいとのぞき込むと、丈は感心にも、机に向かって参考書をひろげていた。

その背中に声をかけた。

「立ち聞きするなら、もっとうまくやるんだな」

「げ」

丈は振り向いた。

「なんでバレたの？」

「この階段はなあ、六段目と八段目がミシッと鳴るんだよ」と僕は言った。「かれんが上り下りするんで覚えてる。なんなら、お前が下りていったのがいつだか言ってやろうか」

「いいよいいよ、わかったってば」丈は、亀《かめ》みたいに首をすくめた。「ごめんなさい。もうしませんっ」

僕は思わず苦笑した。得な性格というか、どうにもこいつは憎めない。

「おい」

「……はい」

「……腹、へったか」

丈の顔がぱっと明るくなった。

「へらねえわけねーじゃん！」

尻尾《しっぽ》がパタパタしているのが見えそうだ。

「あとで来な」と、僕は言った。「何か作っといてやるよ」

3

キッチンでドライカレーをほおばりながら、丈は、立って調味料を片づけている僕に向かって開口一番にこう言った。

「で？　姉貴とは、どこまでいったわけ？」

……こりない奴だ。僕はしらばっくれた。

「どこまでって？」

「もう、ヤっちゃった？」

僕がコショウの瓶《びん》を振り上げるより先に、彼はさっと頭をかばった。

「じょ、冗談だよ冗談！……やだなあ、ユーモアのわかんない人は」

「お前がくだらないことを言うからだ」

「だって、結構うまくいってそうだったじゃんよ」

とつぜん丈は右手の甲を左の頬にあてて、くねくねと体をくねらせた。

「『いやぁんもう、ショーリったらぁん。まだ寝かせてなんかあげないわよぉん』。……あ、ちょ、ちょっと待った！　わかった、わかったから許して、オレが悪かった。もう言いませんてば、約束するって」

僕は、振り上げていたフライパンをおろした。

「……あー驚《おでれ》えた。おっかねえおっかねえ。まったく、道ならぬ恋に走った男は何するかわかんねえから怖《こえ》えぜ。……あッうそうそ、だから冗談だっつーのに、わかんねーかなあもう！」

キッチンじゅう逃げまわりながらも、ドライカレーの皿を放そうとしないところだけは、敵ながらあっぱれだ。

「——だけど、さあ」ようやく皿の上のものを全部たいらげた頃になって、丈は、少しは落ち着いた調子で訊いてきた。「なんで手ぇ出さなかったんだよ？　勝利は姉貴見てて、こう、ぞくぞくっとしねーの？」

「……ふん」と、僕は言った。「てことは、お前は京子ちゃん見てると、こう、ぞくぞくっとなるわけだな？」

「あったりめーじゃん。男だもん」こともなげに丈が言う。

「それなんだよな」と僕は言った。「どうやら俺は、かれんに男だと思われてないらしいや」

「はあ？　なんで？」

僕は、ことの顚末《てんまつ》を丈に話してやった。かれんが脱ぎはじめたところから、僕に抱きついて眠ってしまったところまで、あたりさわりのなさそうなところは一応全部だ。

聞き終わった後、丈はめずらしく額にしわを寄せて、何か考えるようにしていた。それから、ちらっと僕の顔を見た。

「前に、少年野球チームにいた頃さ」と、丈は言った。「何の話の時だったか、監督が言ったことがあるんだよね」

「マスターが？　なんて」

「『男は、男に生まれるわけじゃない。男になるんだ』って」

「…………」

「あ、誤解しないでよね」丈はあわてて言った。「勝利がまだ男になってないなんて言ってんじゃないよ。そうじゃなくて、姉貴のことさ」

「かれん？」思わず訊き返した。「かれんがなんで男になるんだ？」

「なに言ってんの？」丈はあきれたように首を振った。「違うって、オレが言いたいのはその逆ッ。もし、ほんとにマスターの言うとおりでさ、男がたとえば何かのきっかけとか、本人の努力とかで、初めて男になるんならさ。もしかして、女だって同じなんじゃねえかなあと思ったわけ」

「つまり……女に生まれるんじゃなくて、女になるんだって言いたいのか？」

「だってさあ、そう思わねえ？　いくら、ええと、何つったっけな。あの、オトコ取っかえ引っかえしてる女優。あいつだって、幼稚園の頃からああだったとは思えねえじゃん」

「そりゃまあ、そうだけど」

丈は皿を横へ押しやって、頰杖《ほおづえ》をついた。

「たぶん姉貴のやつはさ、まだ女としてちゃんと目覚めてねえんだよ。眠れる森のナントカよ。だから、そばにいる男の匂いに、あんなに鈍感なんじゃねえかな」

ときどき……本当にときどきだが、こいつのことがものすごく偉大に思える時がある。そして、なんというか、少しうらやましくもなる。こいつはたぶん、僕なんかよりもずっと軽いフットワークで、世の中を渡っていくんだろうなあと思うからだ。

「勝利はさあ、優しすぎるんだよ」と、丈は言った。「姉貴のこと、大事にしすぎだよ。女神様か何かだとでも思ってんじゃねーの？　もっと強引《ごういん》に攻めなきゃ、そのうち中沢氏に取られっちゃうよ」

痛いところを突いてくる。

「しょうがないだろ」と、僕は言った。「そう簡単に性格が変えられるなら、誰も苦労はしないよ」

すると丈は、僕の顔を下からのぞき込むようにして、ニッと目を細めた。

「もしかして勝利って……」

「なんだよ」

「ムッツリスケベ？」

「ばーたれ」

「正直に言ってみ、楽になるから」

「何をだよ？」

丈は、僕の耳もとに口を寄せ、ひそひそ声でささやいた。

「ホントはさっき胸ぐらい触ったんでしょ。……あッ痛ってぇ！」

——ったく、こりない奴だ。

4

まぶしさに負けてしぶしぶ目を開けると、頭の上からかれんが笑いかけていた。

一瞬、ギクリとする。

それが、今の今まで夢の中に出演していたかれんではなく、かといって本物でもなく、自分が以前内緒でそこに貼《は》った写真だということに気がつくまでに、たっぷり十秒くらいかかった。夢と妄想と現実とがこんがらかって、気分は最悪だ。

おてんと様はもうすっかり高くて、あたりはさんさんと明るい。かれんは起きているだろうか。

僕は、もう一度かれんの写真を見上げた。去年の夏だったか、「余ったフィルムがもったいないから」とかなんとか適当なことを言って、庭先で撮らせてもらったやつだ。麦わら帽子をかぶってサンドレスを着たかれんが、ひまわりの前で笑っていた。

僕のベッドのヘッドボードのすぐ上には棚板が渡しかけてあるのだが、写真はその裏側にこっそり貼ってある。こうしてベッドに寝転がって仰向《あおむ》けにならなければ、誰にも見られないという仕掛けだ。俺ってば、なんていじらしいんだろう、と思ってしまう。

でも、今朝のその写真には、昨日までとは大きく違っているところがあった。

砂を詰めたように重たい頭で、僕はゆうべのことを思い出そうとした。たしか、丈と話してから部屋に戻って……机の上を見たら、昼間大学の友達からもらった写真週刊誌が目についたのだった。Fで始まるあれだ。

すぐに寝る気にもなれなかったので、ベッドに座ってページをぱらぱらめくった。ほとんど終わりのほうに、「女子大生ヌード大特集!」というのがあらわれた。いきなりカラーだ。自称・恋人イナイ歴○○年の女のコたちが、一ページにつき四人ぐらいずつズラッと並んでいる。

どのコもみんな、そこそこ可愛《かわい》い顔をしていた。彼氏だってすぐできそうだ。こんなに可愛いコたちが、なんだってまたこんなとこに出てすっぽんぽんにならなければいけないのか、さっぱりわけがわからない。

興味がないわけではないから、それなりの熱心さで眺めさせてもらった。「ムッツリスケベ」とかいう丈の声が聞こえるような気がしたが、馬鹿め、こんなもの一人でこっそり眺める以外にどうやって楽しめというんだ。

でも、僕が突如《とつじょ》として真剣になってしまったのは、一人一人の写真の下に身長とスリーサイズが書いてあるのに気づいた時だった。

顔なんかこの際どうでもいい。僕は、たくさんの写真の中から吟味《ぎんみ》に吟味を重ねて一枚を選び出した。身長は、よし、数センチと変わらない。となれば、全身のバランスから見て、まずそれほどの誤差はないだろう。というわけで……。

B83・W57・H85。

それが、僕がその写真から割り出した、かれんのスリーサイズだった。指輪のサイズなんかと違って、知ったからどうなるというものでもないが、まあ、知らないでいるよりは得をしたような気分になれる。

だが、問題はそのあとだった。今こうして考えると、いったいどうしてあんなことをしたのかわからない。魔がさした、なんていうと大げさすぎるだろうか。

夜ってやつは、人の心を奇妙な場所へ誘い込む。夜書いた手紙を朝になって読むと、恥ずかしくて出せなくなるのはそのせいだ。

ゆうべの僕が、まさにそういう状態にあった。気がついたときには、指が勝手に、週刊誌のそのページを破り取っていた。続いて、僕はそのヌード写真の顔の部分だけを裏側へ折り曲げ、首から下だけにした。なんだかとてもイケナイコトをしているような罪悪感に胸をどきどきさせながら、棚の裏側のかれんの写真に重ねて、セロテープで貼ってみる。

たちまち、ぴちぴちした胸を誇らしげにつき出したかれんが、にっこり僕に微笑《ほほえ》みかけた。

うーむ、予想以上のできばえだ。

……と、ゆうべは思ったのだった。

今、明るい日の光のもとで見ると、イケナイコトどころか、ばかばかしくて笑ってしまうほどだった。情けないと言おうか、お恥ずかしいと言うべきか、これじゃほとんど変態じゃないか。丈になんと言われても反論のしようがない。

つくづく落ち込みながら、僕は横になったまま、重ね貼りした裸の写真をはがそうと手を伸ばした。

＊

ぼんやりと考えごとをするのに、トイレはうってつけの場所だ。

かなり長い時間をかけてじっくり思索にふけった後、トイレを出て手と顔を洗い、歯を磨いて、それからパジャマを着替えに部屋に戻った。

通りすがりに丈の部屋をのぞいてみると、奴はまだしっかり眠りこけていた。階段から落っこちた死体みたいな、あんな格好で寝て、よくまあ首の骨がおかしくならないものだと思う。ほとんどヨガだ。

かれんの姿はどこにもなかった。まだ二階で寝てるんだなと思いながら部屋のドアを開けたとたん、びっくりした。

僕のベッドの端っこに、かれんがすわって膝を抱《かか》えていた。僕を見て、照れくさそうに目を細める。

「おはよ、ショーリ」と彼女は言った。「ちゃんとうんち出たー？」

眠気がふっとんだ。

「お前なあ、何てことを……」

かれんはくっくっくっと笑い出した。

もうすっかり、いつもの彼女だった。起きてから風呂にも入ったらしく、髪がまだしっとり濡《ぬ》れている。ウェーヴがくりくりになるからすぐわかる。

もちろん服も着ていた。わざとシワシワの感じを出したインド風の模様のスカートと、淡いグレーの丸首セーター。袖口《そでぐち》はひじまでたくし上げてある。

そのセーターは、もとは僕の着ていたやつだった。けっこう気にいっていたのに、「この色すごくすてきー」とか言って奪われてしまったのだ。でも、惜しくはなかった。そのセーターよりも、それを着たかれんを見ているほうがもっと気にいったからだ。かれんにはぶかぶかで、まるでお父さんのセーターをいたずらしている女の子みたいに見える。思わず抱きしめたくなるほど可愛い。

「ゆうべのこと、覚えてるか？」と訊いてみた。

「それが、あんまり覚えてないの」かれんは眉《まゆ》の間に縦《たて》じわを寄せた。「二階の部屋に連れていってくれたのは、ええと……ショーリよねえ？」

「あんまり、じゃねえだろうが」あきれ返って僕は言った。「全然、だろうが」

「あ……やっぱり？」

僕が、はぁーっと長いため息をつくのを見て、かれんは急に心配そうな顔になった。

「もしかして私、何か変なこと言ってた？」

「別に」と僕は言った。「何も言わないぜ」

嘘じゃない。言ったんじゃなくて、しただけだ。

かれんは、不安げな瞳《ひとみ》を僕に向けた。

「まさか……まさか私、また……」

「また、何だよ？」

ちょっと意地悪な気持ちで、そう訊き返してやる。消えいりそうな声で、かれんは言った。

「もしかして、また、やっちゃったの？」

「…………」

僕の顔を見て答えを察したのだろう。彼女は突然、わーんと叫んで自分の膝の上につっぷした。耳が真っ赤だ。

「どうしようー」と、かれんは言った。「ああ、どうしよう、ショーリ、あきれちゃったわよね。幻滅しちゃったでしょ？」

「いや、そんな……」

「ほんとに何にも覚えてないの。ワインをたった二杯飲んだだけなのに、そのあとのことはなあんにも……」彼女は顔を伏せたまま、ぐすぐすと洟《はな》をすすった。「恥ずかしい。そんなみっともないとこ、ショーリに見せるなんて……あーんもう、死んじゃいたいー」

思わず、笑い出してしまった。かわいそうになってもいいはずなのに、彼女が本気であればあるほど、何だかおかしくてたまらない。かわいくてたまらない、と言ったほうがいいかもしれない。

そばへ行って、かれんの横に腰をおろす。

「かれん」

「…………」

「ほら、顔上げろよ」

「いや」

「いいから、こっち向けってば」

僕は、いやいやをしている彼女の肩に手をかけた。

「かれん。おい、うぬぼれるなよ。いまさらあれぐらいのことであきれてもらえるほど、お前、ふだんはマトモなつもりでいるわけ？　料理はできねえし、掃除はへたくそ、洗濯すりゃセーター縮ますわ、運痴だわ泣き虫だわトロくせえわ……」

「そ……そこまで言わなくたって」

「でも、ほんとのことだろ」

かれんがまた黙り込む。

僕は、くすっと笑った。

「いいんだよ。別に。丈じゃないけど、そんなのどっちかがうまくできりゃそれでいいんだ。俺が言ってるのは、つまり、その……」

——どんなことがあったって、俺の気持ちは変わらない。

言葉にすればそういうことなのだが、もちろん口になんか出せるわけがなかった。そういうことをすらすらと言えるぐらいなら、かれんなんかもうとっくの昔に押し倒して、頂くものは頂いている。

「ま、いいじゃないか」と僕は言った。「ゆうべのことなんか、さっさと忘れちまえよ」

「こんな変な癖のある女なんて、いやじゃないの？」

「いやなどころか、男なら誰だって大歓迎だと思うね」

顔を伏せたまま、かれんがげんこつを振り上げる。笑いながら、僕は言った。

「ほら。いいかげんに機嫌なおせって」

傷ついた表情の彼女が、膝からほんの少しだけ顔を上げて、おそるおそる僕を見る。

「なあ、かれん」と僕は言った。「ひとつだけ、言わせてもらっていいか」

「……なあに?」

僕は、かれんの顔を両手ではさんで、無理やり上を向かせた。うるんだ彼女の瞳が、まだ少し遠慮がちに見つめ返してくる。

「今度から、酔っぱらうのは俺のいる時だけにしとけ」と僕は言った。「他の男の前で脱いだりしたら、承知しないからな」

かれんはちょっとのあいだ黙っていたが、やがて、額を僕の額にコツンとくっつけた。

「約束する」と、かれんは言った。「もう絶対、外でお酒飲んだりしないわ」

「俺の前ではいいんだぜ。どんどん飲んで、ばんばん脱いじゃいな」

「……えっち」

「そりゃ、最高のほめ言葉だな」

と、僕は言った。かれんが変な顔をする。

「どうして?」

「やっとお前も、俺を男だと認めてくれたってことだろ」

ぷっと、かれんがふき出す。僕らは一緒になってくすくす笑いだした。

腕をまわして抱きしめる。湿った髪のなかに指をさしいれてまさぐる。かれんはじっとされるがままだ。

「おい」心配になって、僕は言った。「寝てねえよな?」

かれんは体を離して僕を見た。

「なあに、それ?」

「いや。こっちのことさ」

僕は、まっすぐに彼女を見つめた。かなり長いこと見つめ合っていた。不思議なほど照れくさくない。どちらからともなく、そっと顔を近づけていく。

かれんが目を閉じるのを見て、僕もそうした。二人とも、息をひそめていた。彼女のふっくらとした唇に触れて初めて、自分の唇がずいぶん乾いていることに気づく。

僕は、そのまま彼女の体を倒して、その上にのしかかっていった。着ているのが縞《しま》のパジャマだというのがどうにもさまにならないが、仕方がない。

「ショーリ……だめよ」細い声で、かれんが言った。

「わかってる。何にもしないよ」と僕は言った。「こうしてるだけ」

ベッドの真ん中に彼女を寝かせて、僕は、もう一度ゆっくりと唇を近づけた。その瞳をのぞき込む。かれんの熱い息が頬にかかる。ゆうべとは違って、彼女はちゃんと目を開けてくれていた。

と、そのときだ。かれんの瞳がふっと動いて、上を見上げた。僕の頭を通り越して、ヘッドボードの真上あたりを見ている。

（……………？）

視線をたどっていく。

（げ。やっ……べえ……）

棚の裏側で、裸のかれんがこっちを見て笑っていた。じつはさっき、一度ははがしかけたものの、急にもったいなくなってやめたのだ。せっかく苦労して貼ったんだし、まあ、もう一晩くらい、と……。それがいけなかった。

死ぬほど後悔したが、後の祭りだった。僕の顔から血の気が引いていくのと入れ替わりに、かれんの顔がみるみる真っ赤になっていく。

はね起きざまに僕を突き飛ばし、ベッドから転がり落ちるようにして立ち上がると、彼女はものすごい怖い顔で僕をにらみつけた。肩で息をついている。なかなか何も言わないな、と思ったら、いきなりスウウウッと胸いっぱいに息を吸い込んだ。


「ショーリの、バカ！」


耳がキィーンとなる。予想したのと、ぴったり同じせりふだった。

「あ、おい……ちょっと待てよ、かれん！」

バターンとドアを開けて走り出て行く彼女の後ろ姿を、僕はなす術《すべ》もなく見送った。思考がすっかりマヒしてしまっていて、言《い》い訳《わけ》なんかひとつも思い浮かばなかった。これを貼ってからまだ一晩しか楽しんでないよ、なんて言ってみても……駄目だろうなあ。

ふにゃふにゃと崩れて横になる。堤防の日ざらしに捨てられたクラゲみたいな気分だ。どう考えたって、しばらくは口をきいてもらえないことは明らかだった。もちろん、この部屋になんて、近づこうともしてくれないに違いない。

ため息をついて、棚の裏を見あげる。写真の中のかれんと目が合った。

「いいじゃないかよ、こんくらい。ケチ」

僕はぶつくさ言った。

「だいたい、もとはといえばお前が悪いんだぜ。あんな格好で挑発したりするから」

かれんは、りっぱな胸を突き出してニコッと微笑み返してくれた。本物よりも、よほどものわかりがいい。そう思ったら、もうヤケだった。

「そろそろ外もあったかくなることだし」

すっぽんぽんのかれんに向かって、僕は言ってやった。

「ま、しばらくはそうしてろよ」

DON'T THINK TWICE

1

「はい、いいわ、これで。全部そろってます」

大学の教務課の女の人は、そう言いながら書類の束をトントンとそろえると、窓口のガラス越しに、僕に向かってひとつうなずいた。

ほっとして、外へ出る。傘《かさ》をひろげようとしたとき、いつのまにか雨が上がっているのに気づいた。二日ぶりの晴れ間だ。

ため息をひとつついて、僕は、とりあえずぶらぶら歩き出した。

ようやくひと仕事終えたというのに、ぜんぜん気分が晴れない。言わずと知れたことだが、かれんのせいだ。というか、まあ、ようするに自分のせいなのだが。

例の写真の一件でかれんをカンカンに怒らせてしまって以来、僕は彼女からろくすっぽ口をきいてもらえていないのだった。あれから半月が過ぎようとしているのに、彼女が僕に向かって口にする言葉ときたら、いまだに二種類だけ。

「うん」と、「ううん」。

その二つだけだ。

それさえも、一緒に暮らしている丈のとりなしで、おとといあたりからようやく譲歩してくれたのだった。

「勝利ってば、いったい姉貴に何したのさ？」

と、丈は小声で訊《き》いてきた。休みの日の朝、かれんが庭に出ている隙《すき》にだ。

「もしかして、いきなり胸に手ぇつっこむとか、押し倒して犯すとかしたんじゃねえの？」

「そういうことが、俺にできると思うか？」

と、僕は同じく小声で返した。

「思う」と、丈の野郎は言った。「勝利ってさあ、自分で気がついてないだけで、けっこうムッツリスケベだってこと、オレ知ってるもん。あいてててててててて」

「ひとが作ってやった飯を食いながら、たいした度胸だな。ええ？」

丈は、むしり取られそうになった耳をどうにか僕から取り返すと、顔をしかめながら続けた。

「だってさ、わかんねえよ。どうやったら、あのお気楽な姉貴をあれだけ怒らせられるわけ？」

のぞき込んでくる丈の顔にも、そろそろ不精髭《ぶしょうひげ》なんかがめだち始めている。この四月から中三になって、学校ではけっこう女子にモテているらしく、そのせいか、このところさらに生意気になったというか、以前にも増して口が達者だ。

とはいえ、とりなしてもらった手前、僕は恥をしのんで丈に事情を打ち明けるしかなかった。ヌード写真を重《かさ》ね貼《ば》りしたことも、それがかれんにバレてしまったことも。話していて我ながら情けなくなってしまったくらい、お粗末な話ではある。

「まあ、ほんの出来心というやつさ」と、僕は丈に向かって言った。「わかってくれるだろ。な？」

「オレに言ってどうすんだよ。姉貴に言えよ」

「言った」

「どうだった？」

「わかってくれなかった」

「だろうなあ」丈は、もっともらしい顔でうなずきながら言った。

「だけどさ、何でまた、そのヌード写真が、姉貴に見つかっちゃったりするわけ？　棚の裏側に貼ってあるってことはさ、ベッドにこう、あおむけに寝っころがらなきゃ見えないわけだろ？」

「そ、それはだな……」

口ごもった僕の顔を、丈は下からのぞき込んだ。目だけがニィッと笑っている。

「へええ。そういうわけね」

「おい、誤解すんなよ！」と、僕はあわてて言った。「俺は何もしてないぞ」

「うそでぇ。『キスした』って宣言したじゃん、『風見鶏《かざみどり》』で」

「いや、それは、その……かなり前のことだし……一回だけだし」

うそだった。実際は、いま問題になっているその朝も僕らはキスのまっ最中だったのだし、かれんに例の写真を見つかったりしなければ、もうちょっとくらい先までいっていたかもしれないのだ。

畜生、今から考えると、惜しい。

つくづく、惜しい。

「あの『キスだけだよ宣言』からだって、ひと月以上たってるもんなあ」

人の気も知らずに、丈は続けた。

「まさかあれっきり、何の進展もないなんてはずは、まさかなぁ、そんな情けねえことはねえよなぁ」

「…………」

「勝利だって一応、男だもんなあ、まさか、いくらなんでもそんなはずは、」

「あああああもう、うるせえなッ」

すると丈は、憐《あわ》れむように僕を見て、ひとつため息をついて言ったのだった。

「……グズ」

雲間には、ようやく少しだけ、青い空がのぞきはじめていた。教務課のある建物から本館へ向けて、花の終わった桜並木の下を歩いていく。

レンガ造りの建物も、石畳の道も、さっきまでの雨にまだしっとりと濡《ぬ》れている。ひと月前の入学式のころと決定的に違うのは、雨上がりがこんなに暖かくなったことだ。湿ったそよ風が吹きすぎていく。ぶ厚い雲の下で、ようやく新芽をふき始めたけやきの木肌が、まるで裸の人間のようになまめいて見えた。

都内にあるにしては、この大学のキャンパスはけっこう広い。ふだん講義が行われる建物だけでも十二号館まであるし、そのほかにも学生部とか生協とか、クラブやサークルの部室なんかがあちこちに建てられている。そのすべてが今は、濡れそぼった緑の濃淡に包まれて、しん、と静まり返っていた。

授業時間中のせいか、あたりに人影はほとんどない。傘をたたんだ女の子が二人、図書館へと続く石段の途中で立ち話をしているのと、掃除のおじさんが、濡れて石畳に貼りついた葉っぱを苦労しながらはき集めているだけだ。

ツタの若葉がからまった時計台を見上げると、十一時だった。昼飯にはちょっと早いような気もするが、この時間なら、かえってゆっくり食えるだろう。学食はまだすいているだろうから。

デイパックを左肩にかつぎ直して歩き出したとき、

「和泉《いずみ》くーん！」

よく通る声に呼び止められた。

ふりむいて目でさがすと、立ち話をしていた女の子のうちの一人が、階段を二、三段おりて僕に手をふっているのが見えた。

クリーム色のセーターに、紺色のパンツ。

同じクラスの、星野《ほしの》りつ子だった。襟足《えりあし》だけを少し長めに残したショートヘアが、小柄で元気な彼女の雰囲気によく似合っている。

星野りつ子とは、入学式の日に教室で隣の席にすわり、たまたま家がすぐ近くだということがわかって以来、親しく口をきき合うようになった。経済学部は女の子がわりと少ないのだが、彼女はそのなかでも特にさばさばしていて、明るくて、話しやすかった。きっと、幸せな家庭で育ったんだろう。

僕のところまで駆け寄ってくるなり、

「どこ行くの?」

と、彼女は言った。

「学食」

「一食?」

「いや、二食のほう」

星野は、くりくりした目で見上げてきた。なんとなく、柴犬《しばいぬ》の仔犬《こいぬ》とか、リスか何かを連想させる。

「和泉くん、授業は？」

「午後一からだけど」

「学食、あとから私も行っていい？」

「……どうぞ」

どうして僕に訊くんだろうなと思いながら答えると、星野は、ぱっと電気がついたみたいな感じで笑った。

「それじゃ、あとでね」

友達のほうへ走って戻る彼女の背中を見送ってから、僕はまた歩き出した。

石畳からそれて、芝生の中庭をJ－WALKする。生成《きな》りのコンバースが、たちまちじっとり濡れてしまった。

2

第二学食は、五号館の半地下にあった。「ガクショク」が学生食堂のことだ、ぐらいは初めて聞いてもわかったものだが、「イッショク」が第一食堂で、「ニショク」が第二だとか、「パンキョー」とは一般教養科目のことだとか「エンダン」が応援団のことだとか「ワンゲル」がワンダーフォーゲルのことだとかいうのを理解するのには、しばらくかかった。どこでも言えることだとは思うけど、ここにはここの言葉があるのだ。

狭い道路を渡り、五号館に入って地下への階段を下りる。

二食は、一食のほうとはメニューが違って、僕は、ここのきつねうどん定食が気にいっていた。ウサギのエサみたいなざく切りサラダはどうもいただけないが、かつおだしのきいたうどんと、どんぶりに盛ってくれる鳥めしがけっこうイケるのだ。

鳥めしには、鶏肉《とりにく》のほかにも細切りのしいたけやにんじんなんかが入っていて、油っこすぎず、かといってあっさりすぎず、ごはんの水かげんもちょうどいい。自他ともに認める料理自慢のこの僕でさえ、なかなかこううまくは炊けない。

でも、なにより嬉《うれ》しいのは、安いことだった。百円玉三つでおつりがくる。

配膳《はいぜん》コーナーからひょいとのぞき込むと、

「あれま、おはよう」

このところ顔なじみになったおばちゃんが近づいてきた。

「遅い朝ごはんかい？　それとも、早い昼ごはん？」

「早い、のほうです」

「食べ盛りだもんねえ、おなかもすくよねえ」

おばちゃんは、いつも以上に鳥めしをてんこ盛りにした上、うどんには、丸っこい指でちゃっちゃっと、ナルトとアゲを一枚ずつ多くのっけてくれた。

思ったとおり、ガラガラにすいている。

僕は、隣の椅子《いす》にデイパックとビニール傘を投げ出して、どかっと腰をおろした。うどんのつゆが揺れてトレイの上にこぼれる。なんとなくおばちゃんに悪い気がして、それからあとは行儀よく、おとなしく食べることにした。

それにしても、この気分の暗さはどうしたことだ。鳥めしを一粒も残さずにたいらげ、つゆを全部飲みほしても、まだウツウツとしている。からだの芯《しん》に鈍いだるさが残っていて、それがよけいに気を重くしているのだ。

だるさのわけの一つ目は単純で、要するに、ゆうべ寝ていないせいだった。さっき教務課に提出してきた届出用紙を準備するのに、予想以上に手間取ってしまったのだ。

僕が入ったのは経済学部だったから、理数系の学部よりはまあ少し楽ではあるが、それでもパンキョーと専門科目を合わせれば、四年生までの間に単位を取らなくちゃならない科目はいやというほどある。そのぜーんぶが、オリエンテーションの時に配られた一枚の時間割に印刷されている。

ゆうべ手間取ったことというのはつまり、そのばかでかい時間割（新聞を広げたくらいある）とにらめっこしながら、どの曜日のどの授業を取るかを選び出し、自分だけの時間割を決めていく作業だった。

なんだそれだけのことか、と思うかもしれないが、これが、いざやってみると、やたらとややこしくて難しい作業なのだ。

たとえば、数ある科目の中には、かならず一年生で取ること、と決まっているものもあれば、四年生までの好きな学年で取ればいいものもある。逆に、一年生で取ってはいけないものもある。経済学概論のIとIIはどちらから取ってもいいが、化学のIIは、前の年に化学Iの単位をとってからでないと履修《りしゅう》できない。

……とまあ、そういうようなきまりが、何枚もの書類にわたってこまごまと指定されている。見落とした、ではすまされないのだ。

陸上部の先輩たちからの情報も、頭の中でうず巻いた。

「パンキョー社会学の山田は出欠を取らないから、試験だけで単位が取れる」

とか、

「地学・佐藤は三回休んだら試験も受けさせてもらえねえぞ」

とか、

「第二外国語は中国語にしとけ、漢字だから少なくとも問題の意味ぐらいはわかるぜ」

とか。

おまけに僕は、アタマよりはこのカラダを買われて推薦入学したわけだから、週に最低三回は、陸上部の部活に参加しなければならない。練習日の午後をまるまる空けて確保しながら、同時に四年生までのことを見こして今年度分の時間割を組んでいくのは、並大抵《なみたいてい》のことではなかった。まるでパズルだ。

そうして、そこまでして時間割を組んでも、もしたった一枚でも提出し忘れた書類があったら、全部おじゃん。それだけで大事な単位を取りっぱぐれる。高校の時までとは違って、誰も注意や催促はしてくれない。何から何まで、自分の責任なのだ。

というわけで、ゆうべは柄《がら》にもなく神経質にならざるを得なかった。僕がこんなにくたびれている理由の、一つ目はそういうことだ。

二つ目は……もちろん、さっきも言ったとおり、かれんだった。

いつになったら、彼女は僕を許してくれるのだろう。許してくれる時が、はたしてくるのだろうか？

明日もあさっても、来週も、さ来週も、ずーっと口をきいてくれなかったら？

そのまま何か月もたってしまって、いずれ花村家のおじさんとおばさんがイギリスから帰国してしまったら？

僕らは、たった二回キスしただけの「清らかな関係」で終わってしまうのだろうか。

正直、僕は焦《あせ》っていた。

五つも年上のかれんを、名実ともに自分のものにするためには、何よりもまず、彼女自身の協力を得なければならない。僕に対するかれんの気持ちが、よほどしっかりしたものでないと、まわりの反対に押しきられてしまう可能性は大きい。

だからこそ僕としては、花村のおじさんとおばさんが帰ってくる前に、かれんとの関係を強化しておく必要があった。彼女のことをほんとうに大切に思うなら急ぐべきではないと頭ではわかっているのだけれど、その一方で、焦りはいつも僕の中にある。

丈の言うとおりだ。俺ってやつは、まったく、なんてグズなんだ……。

僕は、とっくにさめてしまったお茶に手を伸ばした。

死にそうに眠い。午後の授業なんか自主休講にして（つまりはサボって）帰って寝てしまいたいくらいだ。こういうのも、五月病というんだろうか。

思わずあくびがもれる。誰に遠慮することなく大口をあけ、ぐーっと腕をつき上げて伸びをした。

あんまり口をあけすぎてあごがはずれそうになり、つぶった目尻《めじり》に涙がにじむ。思う存分あくびをし終わってから、目をあけた。

そこに、星野りつ子が立っていた。走ってきたのか、息がはずんでいる。

「口のところから、顔がめくれて裏返るかと思っちゃったわ。ツルリンって」

「気持ち悪いこと言うなよ」

と、僕は顔をしかめた。

「あら。わりとデリケートなのね」

椅子を引いて僕の向かい側に座りながら、星野は言った。

「和泉くん、ホラー映画とか嫌いでしょ」

「観《み》たいとも思わないな」

「やっぱりね」

と彼女は言った。

「私は、大好き。とくにスプラッタなやつが」

「と、言うと？」

「もげちゃった首から天井へ向かってピューッて血がしぶいたり、飛んできた斧《おの》がおでこにグサッてつきささったり、はみ出したハラワタをズルズル引きずりながら必死で階段のぼっちゃったりするの」

星野は目をきらきらさせながら言い放ち、僕は、ぐう、とのどを鳴らした。

「……よかったよ……食い終わったあとで」

「こんな早い時間にお昼食べちゃって、あとでまたおなかすかない？」

「しばらく食えそうにない。気持ち悪くて」

「あらま」

「うそだよ」と僕は笑った。「へったらまた食うさ。二度でも三度でも」

「ふうん。いいわよね、太ること気にしないですむ人は」

何がまぶしかったのだろうか、彼女は目をしばたたいて僕を見ると、ふっと口をつぐんだ。

「星野こそ、なんか食いに来たんじゃないのか？」

「私？　うん……でも、一人で食べるのもなんだかねえ」

僕の前のトレイに目を落とす。

「せっかく急いで来たのに、和泉くん、食べ終わるの早いんだもん」

「いいよ、べつに。それくらいつき合っても」

星野はまた、ぱっと笑った。

「ほんと？　待っててくれる？」

「ああ」

「じゃあ私、冷やしたぬき食ぁべよっと」

星野は自動販売機で食券を買い、冷やしたぬきの皿と、おしるこの紙コップをトレイに載せて運んできた。

「なんで、おしるこなんだ？」

「なに？」

彼女は割りばしをパシッと割った。涼しい顔で首をかしげる。

「いや、うどんとおしるこってのも、壮絶《そうぜつ》な組み合わせだなと思ってさ」

「試したことあるの？」

「あるわけないだろ」

「じゃ、どうしてわかるのよ？」

星野はうどんをつるつるとすすり、おしるこを一口飲んだ。

と、階段を下りてくる人影が目の端に映った。僕が気がつくと同時に、向こうも片手をあげた。

「よう、和泉」

陸上部三年の原田《はらだ》先輩だった。

ずんぐりむっくりの毛深い体、台形の顔にぶあつい唇……。僕ら後輩の間では、「あの人は、まだ進化の途中なんじゃないか?」というもっぱらの噂《うわさ》だったが、それはそれとして、まあ、けっこういい先輩だった。

「ちわっス」

立ち上がって僕は礼をした。

体育会は、年功序列がものすごくはっきりしている。高校の陸上部では和泉先輩とか部長とか呼ばれていた僕も、またもやペエペエからの出直しなのだ。

近づいてきてテーブルの横に立つなり、ネアンデルタール原田は、吸っていたたばこを灰皿にもみ消しながら言った。

「なんだ和泉、昼間っからデートかよ。百年早いぞ」

「違いますよ先輩、これはたまたま……」

「コンニチワ」

先輩も僕も、なんとなくびっくりしてそっちを向いた。

星野が、すわったまま先輩を見上げて、にこっと会釈《えしゃく》した。

こうしてあらためて見ると、驚いたことに星野りつ子は、目がぱっちりしていて、小柄だけれどはつらつとしていて、つまるところ、なかなかいい線いっているのだった。まさか誰も、この子がはみ出したハラワタに特別の愛情を抱《いだ》いているなどとは思うまい。

原田先輩が、ちっこい目をぱちぱちさせながら僕の顔を見た。

「和泉お前……見かけによらず……」

「だから違いますって先輩、」

「やかましい」と、先輩は言った。「あとでグラウンド十周しとけ」

「えっ」

「彼女イナイ歴二十一年の俺の前で、あてつけがましくふるまった罰だ」

「そんな、わざとじゃないんスから」

「わざとじゃ、ない？　てことは、やっぱりお前の女なんだな」

「いや、だから、違いますって」

「それ以上口ごたえする気なら、二十周にふやすぞ」

「でも先輩ほんとに、」

「二十周」

あっけにとられている僕を尻目に、原田先輩は星野りつ子の隣にどっかり腰を下ろした。

「ふん」と、鼻の穴をひろげる。「この際、とことん職権濫用《らんよう》してやるぜ」

星野が、おしるこの紙コップごしに僕を上目づかいに見ながら、くっくっと笑いをこらえている。

僕はしかたなく、もう一度そこに座った。原田先輩がどこまで本気で言っているのかよくわからないが、ここはおとなしくしておいたほうが身のためらしい。……それにしたって、いくらなんでも二十周はキツ過ぎやしないか？

「ところで」と、先輩が言った。「例のマネージャーの件は、どうなったんだ？」

「まだ、みたいですよ」

と、僕は言った。

「まだって、一人もか」

「らしいスね」

先輩は、深いため息をついた。もともとが怖《おそ》ろしげな顔なので、そんなふうに深刻に眉《まゆ》を寄せられるとなおさら怖ろしい。幅とびや障害物なんかやるより、砲丸投げか、いっそ格闘技のほうが向いているように思える。もちろんそんな助言をしようものなら、グラウンド百周でもすまないだろうが。

そのとき、怖れを知らぬ星野りつ子が無邪気に訊いてきた。

「マネージャーの件って、なに？」

すると原田先輩はいきなり立ち上がって彼女の横っつらを張りたおし、「男の話に口をはさむんじゃねえ！」と怒鳴りつけた。

……というのは、おびえた僕の頭に一瞬浮かんだ妄想《もうそう》で、実際には先輩は、ゆっくりと彼女を見やって、優しくこう言ったのだった。

「陸上部のマネージャーをね。新入生から募集してたんだけど、困ったことに、誰も応募して来てくれないんだな、これが」

「先輩」

思わず口をついて出た。

「なんだうるせえな」

「『24人のビリー・ミリガン』って知ってますか」

先輩が、真顔《まがお》で僕を見た。殴られるかと思った。

一拍おいて、ニヤリと先輩が笑う。

「悪いが俺は、せいぜい二重人格どまりだ」

初めて知った。笑った顔が一番怖《こわ》い。

「マネージャーって、どういうことをするんですか?」

と、星野が言った。たいした度胸だ。

「そうだなあ」

と先輩は言った。

「部員の世話全般、健康管理、ほかの大学との連絡係とか合宿の準備とか、タイムを取ったり記録をつけたり……まあ、かなり大変な仕事ではあるな。いまどきの女の子がやりたがらないのももっともで、応募者ゼロでも不思議はないんだが、困ることは困る」

先輩は僕に向き直った。

「なあ和泉。お前のそのウデで、クラスの女の一人や二人、ひっぱり込めんのか」

「ひとを女たらしみたいに言わないで下さい」

「何を言ってやがる。入学してひと月あまりで、もう女を作っておきながら」

「だからこれは、違うんですってば」

「あの……」

と、星野が言った。妙にきっぱりとした様子だった。

割りばしをきちんとそろえて置き、先輩のほうを向く。

「そのマネージャーって、何か特別な資格がいるんでしょうか？」

「星野！」僕はあわてて言った。「まさか……」

「うん」星野はうなずいて言った。「やってみよっかなと思って」

やってみよっかな、などというういいかげんな心構えを、原田先輩が許すはずがない。

これは、血を見るか？　と覚悟を決めて先輩を見やると、彼はもう、へろへろの顔をして笑っていた。むちゃくちゃ怖かった。

「そうか、君、やってくれるか！」と原田先輩は叫んだ。「いやあ、助かるよ。ほんとに助かる。ありがとう！」

今にも星野を抱きしめて頬《ほお》ずりしかねない喜びようだ。

先輩は、僕に向かってもその顔のままで笑いかけ、僕の肩をぽんぽんと叩《たた》いて言った。

「和泉、お前、いい彼女を持ったなあ、ええ？　彼女の気持ちに免じて、二十周はかんべんしてやる」

星野りつ子の決心が変わらないうちに、と思ったのだろう。先輩はそそくさと立ち上がると、「さっそく部長を喜ばせてやろう」とか何とかぶつぶつ言いながら、学食を出ていってしまった。

星野が、残り少なくなったおしるこを口に運んだ。

「本気かよ?」

と、僕は言った。

「どうして?」

と、星野。

「だって、そんな楽しい仕事じゃないぜ。ほとんど雑用係みたいなもんだ」

「私、そういうこと、わりと好きなのよ。得意だし。ちょっと意外でしょ?」

「……うん」

すると彼女は、片方の眉を上げていたずらっぽく笑った。

「グラウンド二十周ぶんよ」

「え?」

けげんな顔をした僕のほうへ身を乗り出すようにして、星野はささやいた。

「和泉くん、これで私に借りができたんだからね」

3

体の成長がある時点で止まるのと同じように、頭の成長もまた、どこかでゆるやかになるらしい。

中学のころまでは、ただ「大学生」と聞くだけで、ものすごく大人に感じられたものだった。自分よりもずっと偉くて、物知りで、何ごとにも正しい判断が下せるかのように思っていた。

だが、自分が実際にその立場になってみると、想像とはずいぶん違っていることに気づかされる。

めでたく大学生になったからといって、僕の頭の中は、去年やその前の年と比べて、特にどう変わりもしなかった。嬉しいことも、つらいことも、悩みごとも、その解決法も、みんな去年までと似たり寄ったりだ。

嬉しいのは、かれんが笑ってくれること。つらいのは、かれんが涙を流すこと。悩みごとは……まあ、いろいろある。

考えてみれば、あたりまえのことかもしれない。人の性格やオツムの中身が、ある日を境《さかい》にいきなり変わるはずがないのだ。

高校を卒業したんだ、という実感は、とうとう湧《わ》かないままで終わってしまった。卒業なんていうよりは、後ろから押されてはみ出しただけのような気がした。ちょうど、ところ天がにゅるにゅるとピストン式に押し出されるみたいにだ。要するに、容《い》れものの呼び名が、「高校」から「大学」に変わっただけのことなのだ。

自分という人間と、それを取り巻く環境とのズレ……それはそのまま、「実際の自分」と、「まわりから求められる自分」とのズレでもある。

こういう戸惑《とまど》いは、誰もが感じるものなんだろうか。それとも、僕だけがうまく成長できないで取り残されているのだろうか。

木々の緑は日に日に濃くなり、部室のわきに植わった紫陽花《あじさい》の色も、だんだんと深く鮮やかになっていった。降りだした雨はある日、そのままやまなくなった。

そうして、関東地方に梅雨入り宣言が出されて一週間ほどたったころ、かれんと僕の一方的な冷戦状態は、ようやく一応の終結をみた。

きっかけは、ささいなことだった。かれんが、今年買ったばかりのお気に入りの傘――生成りのキャンバス地に、らくがきみたいな猫の絵がたくさんついたやつ――を、どこかに置き忘れてきたのだ。

僕は、かれんに黙って、電車やバスの遺失物預かり所にかたっぱしから電話をかけまくり、光が丘西高から家までの道筋を一軒一軒総当たりで探しまわった末に、やっとのことでその傘を見つけだした。

べつに、下心があったわけじゃない。落ち込んでいる彼女を見ていたら、どうしてもそうしてやりたくなっただけの話だ。

黙って傘をさしだした僕の手から、それを受け取ったときのかれんの様子は、忘れようったって忘れられない。

そのときベランダで七夕《たなばた》の笹《ささ》なんか飾っていたかれんは、驚いて僕と傘とを見比べた。

「どこにあったの？」

「駅前の本屋の、二階のすみっこ」

もともといつでも潤んでいるようなかれんの瞳《ひとみ》が、いっそう潤んでいく。笑いだしたいのか泣きだしたいのか、どっちともとれる顔で僕を見つめていたかと思うと、ふいに、二日二晩生き別れになっていた傘に目を落とした。うつむいたまま、おずおずと手を伸ばして、人さし指で僕の胸をトン、とこづく。

「何だよ」

するど彼女は、僕の部屋を飛び出していったあの朝と、まったく同じせりふを口にしたのだった。

「……ショーリの、ばか」

ただし今度のは、とても小さな声だったけれど。

いったいなんだって、こんなに苦労してまで「ばか」呼ばわりされなければならないのか、理解に苦しむ。

あの時の彼女の泣き笑いが、はたして大事な傘が見つかったことによるものなのか、それとも僕と仲直りするきっかけが見つかったことによるものなのか、そのへんも、いまだによくわからない。

「七夕さまに、何をお祈りするつもりなんだよ」

と訊いてやると、かれんは洟《はな》をすん、とすすった。

「教えてあげない。ショーリなんかに教えたら、叶《かな》うものも叶わなくなっちゃうもん」

「……傘、返せ。捨ててきてやる」

まあとにかく、その日から彼女はぼちぼち僕に向かって口をきいてくれるようになったわけで、まだ前とまったく同じとまではいかないにしろ、一時は絶望のふちに立たされていた僕としてはそれだけでも万々歳なのだった。

大学に入って初めての試験が、明日から始まるという日曜日だった。

またもや雲行きがあやしくなってきたので、せっかく干した洗濯物をせっせと取り入れているところへ、キッチンで電話が鳴った。

「丈！」シーツをはずしている途中だった僕は、庭から怒鳴った。「電話、出てくれー」

「おーい、丈？」

答えがない。

「今いないよー」

と、リビングから本人の声。テレビを見ているらしい。

「ばか、早く出ろってば」

七つ目のベルがしっかり鳴り終わったところで、

「ちぇーっ」ようやく丈は受話器を取った。「いいとこなのによォ……もしもし、花村ッ。……あれ、なんだ、おふくろ？」

はずし終わったシーツをかかえて入っていくと、丈は話しながらへこへこと首をすくめていた。電話の正しい応対を、一から指導し直されているらしい。イギリスから海を越えてまで息子のしつけをしなければならない佐恵子《さえこ》おばさんに、ちょっと同情したくなる。

と、しばらくして電話を切った丈が、僕をふり返った。

「おふくろ、帰ってくるってさ」

「えっ？　いつ⁉」

「来週あたり。ったって、ずっとじゃないけど。ひと月くらいはこっちにいるつもりらしいよ」

丈はまたしても、ニヤリと悪魔の笑いを浮かべた。

「どうする？　勝利。おふくろ、けっこう鋭いぜ。へたにバレる前に、姉貴とのこと、自分で白状しといたほうがよかない？」

馬鹿を言っちゃいけない。僕だって、自分の置かれている状況くらいはわかっている。たかだか大学生になったばかりのひよっ子に、もう嫁にいってもおかしくない娘を預けたいなんて思う親が、どこにいると言うんだ？　この際、佐恵子おばさんにとっては、僕が死んだ姉の一人息子だなんてことも、かれんが自分の腹を痛めた実の娘じゃないなんてことも、全然関係のないことに違いない。

そのとき、とんとんとんと階段を下りる音に続いて、ぱたぱた足音がして、かれんがキッチンに入ってきた。

その白い顔を目にしたとたん、僕の胸はざわっと波立った。皮膚の一枚内側を、稲妻みたいな熱いものが、網の目に走りまわる。体じゅうがカッと火照《ほて》る。

こんな時、僕は猛烈に後悔する。どうして、ひとつ屋根の下に住んでいる女なんかに惚《ほ》れてしまったんだろう。おまけに、どうしてこいつはこんなにきれいなんだろう。おかげで一日たりとも心安らかでいられやしない。……そう思いながら、その後悔を甘くかみしめる。

「暑いねえ、今日」とかれんが言った。

「いま、何してるんだ？」

「んー？　生徒の絵の採点」

かれんは、冷蔵庫をあけてかがみ込み、麦茶のポットを取り出した。もちろん、僕が沸《わ》かして冷やしておいたやつだ。

背中で波打つ長い髪をひとつに束ねて、彼女は小さい花柄の水色のハンカチを結んでいた。小学生の時から持っているハンカチだそうだ。おろしたての傘なんか平気でなくすわりに、妙なところで物持ちがいい。

息もつかずにごくごくと一杯飲みほして、

「うう、生き返るー」と、かれんは笑った。「でもショーリ、これちょっと薄いかな。次から、ティーバッグ二つ入れないー?」

「……はいよ」

と、僕。ここでへたに「自分でやれよ」などと言おうものなら、ティーバッグのありかはもとより、やけどをしないお湯の沸かし方から教えなければならない。

二杯目の麦茶をグラスに注ぎながら、かれんが能天気に言った。

「さっきの電話、誰からだったのー?」

丈が、僕のほうをちらりと見る。

僕は、洗濯物の山を前にため息をついた。一難去ってまた一難とは、このことだ。

4

「ため息ばかりつくな、うっとうしい」

『風見鶏』のヒゲのマスターは、カウンター越しにマグカップをことりと置きながら言った。こうばしいコーヒーの香りが鼻をくすぐる。

「あれ？」僕は、スペイン語のテキストから顔を上げた。「俺、おかわりなんて頼んでないよ」

「いいから、それでも飲んでちょっとはシャンとしろ」

仏さまのようなマスターに感謝しつつ、テキストを閉じる。試験も佳境に入り、いよいよ明日は第二外国語のテストがあるのだ。

ちなみに、僕が先輩たちの忠告を無視してスペイン語なんていう複雑怪奇なものを選んだのは、またしても、かれんのひとことによるものだった。四月の初めに、彼女は僕の語学科目リストをのぞきこんで言ったのだ。

「中国と、ドイツと、フランスと、スペインと、ロシアだったら、私、スペインに行きたかれんが行きたいと言うなら、僕がスペイン語に精進《しょうじん》しなければならないのは、これはもう宿命みたいなものだ。

テキストとノートをかばんにしまって、

「じゃ、遠慮なくもらお」と、僕はマグカップに手をのばした。「……サンキュ」

とたんに、マスターの手がさっとのびて、一瞬はやくカップを取りあげた。

「今のを、スペイン語で言ってみな」

「え？」

「スペイン語で、『サンキュ』は何て言うんだ？」

「……グラシアスだけど？」

「つづりは？」

「えーと、G・r・a・c・i・a・s」

「よし。飲め」

ようやくマグカップを手渡される。

「ひでえなあ」僕はぼやいた。「ポチやシロじゃないんだからさ」

ーい」

マスターはヒゲの奥でちょっとだけ口をゆがめると、肩をすくめた。

「そりゃそうだ。ポチやシロならまっすぐ自分の家へ帰るだろうからな」

「それは、でも……」

「帰っても居場所がない、か？」

僕は黙っていた。

そのとおりだった。

佐恵子おばさんは、帰ってくるなり家の中がきれいに片づいていることに感激し、僕に大感謝してくれたのだったが……一つの家に二人の主婦はいらない、というのは、やっぱり本当なのだ。

それに、小学校に上がってすぐおふくろと死に別れた僕にとって、佐恵子おばさんの存在がかもし出すあったかさは、どうにも照れくさくてならなかった。おばさんがおふくろとそっくりだというせいもあるかもしれない。姉妹なんだからあたりまえなのだが。

横に長いカウンターの向こう側で、半袖《はんそで》のTシャツを肩の上までまくり上げたマスターは、今日一日の後片づけに余念がない。グラスやカップをひとつ残らず磨きあげ、冷蔵庫の整理をし、コーヒー豆のチェックをする。

店にはもう、僕らのほかに誰もいない。黒いKENWOODのスピーカーから、P・P《ピーター・ポール》&M《マリー》の古い歌が、小さく細く流れている。アコースティックギターが、春の雨音みたいに心地よく耳にひびく。

どっちかのPが歌っていた。

Don't think twice, It's all right. くよくよするな。大丈夫さ。

フォークソングってのは、いつの時代も、まっすぐで正しい。正しすぎて、ときどきやりきれなくなる。元気な時に聴くぶんにはいいのだが、落ちこんでる時は、かえって疲れてしまうのだ。

「飯のしたくからも、洗濯や掃除からも、めでたく解放されたくせに、」マスターは、力をこめてぞうきんを洗い、ぎゅっぎゅっと絞りながら言った。「いったい、何が、不満なんだ?」

絞りあげたぞうきんを手にカウンターを出て、椅子をひとつひとつ拭《ふ》き始める。

「べつに不満なわけじゃないよ」と僕は言った。「何もすることがなくて、手持ちぶさたなだけさ」

「貧乏性ってやつじゃないのか?」

「そういうわけでもないと思うんだけど」

手を休めて体を起こしたマスターが、僕を見るなりげんなりとなった。

「おい、その不景気な面《つら》をまずなんとかしろ。店じゅうにかびがはえそうだ」

「あは、はは、は」

「その力の抜けた笑い方もやめろ」

「……どうしろって言うんだよ」

「背骨に力を入れて座ってろ」

僕は、朝から何百回目かのため息をついた。

「なんて言うか、さ」と、僕は言った。「ほら、自分の息子が奥さんもらっちゃってさ、なんにもすることがなくなって、ガックリきちゃう母親がいるって言うじゃん。そういう感じ」

「要するに、花村のおふくろさんが帰ってきたせいで、あれこれとかれんの世話をやけなくなったのが寂しいだけだろうが」

「うん……まあ、それもある」

マスターはやれやれと首をふって、一番耳の痛いことを言った。

「そうやって保護者ぶってばかりいるから、かれんから、なかなか男として見てもらえんのだ」

再びゴシゴシと椅子を拭き始めたマスターの後ろ姿を、僕は眺めた。

大きな背中。広い肩幅。並はずれて背の高い、がっしりとした体つきを見れば、以前マスターの後輩でもある中沢さんから聞かされた、「先輩は肩をこわす前はプロの球団に入るはずだったんだ」というあの話にも、なるほどとうなずける。

でも、僕にとってその背中は、気心の知れた喫茶店のマスターのものでもなければ、少年野球の監督としてのものでもなかった。

それは、長いあいだ生き別れになっていたかれんの実の兄貴の背中であり、そうとは知らずにかれんが初めて本気で好きになった人の背中であり、つまるところ、どんなに僕が超えようとしても、なかなか超えられないでいる男の背中なのだった。

この人の前にかれんと並んですわる時、僕は、内心ものすごく緊張する。マスターからは、妹の恋人として品定めされている気がするし、かれんからは、男としてマスターと比べられているような気がするからだ。二人とも、そんなつもりはさらさらないのかもしれないけれど。

「とにかく、それを飲んだら帰れ」

椅子を全部拭き終わったマスターが、カウンターの中に戻ってきて言った。

「お前が家に寄りつかないと、花村のおふくろさんがいろいろと気をまわす。そんなふうに気を遣《つか》わせるのは、お前の一番嫌いなことだろう？」

僕は、いくぶんさめかけた……それでもまだ、たぶん日本中で一番おいしい……マスターのコーヒーを、ゆっくりと味わった。

どういうわけか、ふっと親父の顔が浮かんだ。九州での二度目の夏は、単身赴任の中年男の身にはこたえるだろうか。今から考えれば、男だけの二人暮らしというのは気が楽だったなあ、と思う。

飲み終わって店を出ようとしたとき、僕の背中を、マスターの低い声が追いかけてきた。

「明日の試験、頑張れよ」

「あっ」

試験のことなんか、すっかり忘れていた。

「何だ、どうした」

「ううん、まかせといてよ」

マスターに片手をあげ、チリリン……と鳴るドアを閉めつつ、僕はかれんを恨んでみる。

やっぱり中国語にしておくべきだったかな、と思いながら。

5

「きっと、こうやってなにげに過ぎてっちゃうのよね、人生って」

と、星野りつ子が言ったので、僕は食べていた弁当を口から噴きそうになった。

「な……何だよ、いきなり」

彼女が差しだしてくれたお茶で、唐揚《からあ》げのかたまりを飲み下す。

背中に大学名の入ったポロシャツに紺のジャージ姿の星野りつ子は、陸上部の部室の窓から、人影もまばらなキャンパスを見渡しながら、自分でも笑いだした。

「やっぱり、唐突《とうとつ》だったかなあ」

「今に始まったことでもねえけどな」

と、横にいたネアンデルタール原田が口をはさんだ。

「先輩、お茶いらないんですね」

「あ、いるいる。いるって」

彼女は原田先輩をにらみながら、それでも彼の湯呑《ゆの》みにお茶を注《つ》いでやった。先輩相手にこういう態度をとれるのは、一年二年をあわせてもただ一人、星野だけだ。ひとつにはマネージャーという役割の特権なのかもしれないが、それ以上に、そんなふうにふるまっても不思議と生意気だとは受け取られない得な性質を、彼女が生まれつき持っているせいだろう。

夏休みを目前に、どの学年の試験もあらかた終わった昼休み。石畳にふりそそぐ焼けるような日ざしに、ジーンジーンジーンとセミたちが効果音をつけている。

こんな日に出てきているのは、早くも追試を受ける羽目になった連中以外には、僕らみたいな部活バカしかいない。

それにしたって、どうしてこの三人が仲良く弁当を囲まなければならなかったかといえば……今日が練習日のはずだったメンバーのうち、僕らをのぞく全員が、まさに今、それぞれの追試を受けているまっ最中だからなのだった。どいつもこいつも、カラダに対してアタマの比重が少ぅし軽いらしい。

「で、人生がどうしたって?」

と原田先輩が言った。

「だからぁ……あんなに永遠に終わらないように思えた試験だって、いつのまにか終わっちゃってたわけでしょう？　ということは、今はまだたっぷり残ってるように思える人生だって、過ぎてみたら案外あっというまなのかなって、ちょっと思ってみたりしたわけですよ」

「おい和泉、どうしよう。星野がまともだぞ」

いきなり先輩の湯呑みに、どぼどぼと熱いお茶が注がれた。

「あちっ……よせ星野、あちちっ！」

自分こそよせばいいのに、原田先輩はなにかと星野のことをかまおうとする。はた目にはまるで、「いたいけな仔犬をもてあそぶゴリラの図」そのものだが、じつは、かみつかれて物陰で涙ぐむのはいつもゴリラのほうらしい。

星野りつ子が僕のカノジョではない、ということを先輩が納得するまでには、ずいぶん時間がかかった。

「そういう誤解は、彼女に迷惑ですよ！」

という僕の言葉に、星野が、

「あら、私は大歓迎よ」

などと横からよけいな冗談を言ってくれたせいで、ますます長引いたのだ。

おまけに、ようやくソウシソウアイの疑いが晴れた後には、さらにややこしい誤解が待ち受けていた。先輩は、どうやらこの時の彼女の冗談を真《ま》に受けたらしく、今度は、「星野りつ子は和泉勝利にホの字である」と、しっかり思いこんでしまったのだ。

部員の中には、紅一点の彼女に想《おも》いを寄せているとおぼしき男どもが数人はいるはずなのだが、ほかならぬ原田先輩がそれをシャットアウトするかのように、

「星野は、和泉が送って帰ってやれ」

などと言うものだから、いまだに誰一人として手出しできずにいるのだった。

まあそんなわけで、この日の帰りの電車でも、僕はやっぱり星野と並んで吊《つ》り革《かわ》を握っていた。はじめの頃こそ、なんとなく二人ともへんに照れて、ろくに言葉もかわさなかったものだが、どんなことにでも人はちゃんと慣れるものなのだ。

今までだって僕は、クラスの女の子から惚れられるよりも頼りになる男友達扱いされることのほうが多かったし、オトコとして少しは寂しく思いながらも案外そんな自分を気にいってもいたから、たぶん星野もずっとそういうタイプだったんだろうな、と想像はつい

た。なにしろ星野りつ子は、男だとか女だとかいうこと抜きに、友達としてつき合うのには、とても楽な女の子だったからだ。

しかし……。

災難というものは、いつだって突然ふりかかる。

僕らが同じ駅で降りて、改札を出たときだった。

「あら、ショーリ」

と、後ろから声がした。

僕のことを「勝利」ではなく「ショーリ」と呼ぶ人間なんか、死んだおふくろが化けて出たのでないとすれば、残るは一人だけだ。

思わず、聞こえないふりをしてしまった。冷静に考えればまったくそんな必要などないのだけれど、星野りつ子と二人きりで帰って来る現場を、ほかならぬかれんに目撃されたことにえらくうろたえてしまったのだ。

「ショーリ。ねえ」

かれんは、小走りに僕に追いついて来た。サンダルがぱたぱたと鳴る。

「ショーリってば」

背中をぽんとたたかれて、初めて気がついたふりをする。

「あ、なんだ、かれんか」

「もう。何回も呼んだのにー」

フレンチスリーブの白いシャツに、麻《あさ》のスカートがすがすがしい。涼しそうな色のビーズのネックレスは、去年の夏、お祭りの夜に、僕が見立ててやったやつだ。

今日のかれんは、にこにこしていてなんだか機嫌がよさそうだった。くそ、こんな時じゃなければ、ちょっと遠回りして散歩でもしながら帰るのに。

「今日も、練習だったのー？」

「うん」

「おなかすいたでしょう」

かれんは歩きながら体を傾けて、僕の顔を下からのぞき込むようにした。後ろでひとつに編んだ髪が、振り子のようにぷらんとぶら下がる。

「さっき学校から電話してみたらね、今夜はカレーだってー。それとね、丈ったら……」

そこでやっと、僕をはさんで反対側を歩いている星野に気がついたらしい。

「あ、ごめんなさい」と、かれんは口もとをおさえた。「お友達が一緒だったのね。気がつかなくて」

「いえ……」星野はぺこりと頭を下げた。「あの、星野といいます。和泉くんにはいつもほんとにお世話になっています」

お世話なんかしてないぞ、おい。

「こんにちは」と、かれんも会釈した。「ショー……勝利のいとこの、花村かれんです」

一瞬迷ってから、かれんは口をつぐんだ。

コチラコソ、カツトシガ、イツモオセワニナッテマス。

普通、これだけ年上のいとこともなれば、そう口にするのが礼儀というものだろうが、かれんはそれを言わなかった。ちょっと、嬉しかった。

「まあ、そうなのー」と、かれんが言った。「マネージャーさんなのー」

あいかわらずののんびりした口調だ。今日一日、星野のおしゃべりにつき合ってきた耳で聞くと、思わず背中のネジをキリキリ巻いてやりたくなる。それでも、やっぱり僕は、この穏やかなかれんの話し方が好きなのだった。ハキハキとかキビキビなんて言葉、かれんの辞書にはなくていい。

「じゃあ、女の子は一人だけなの？」

「そうなんですよ」と、星野が言った。「うちもたまたまこの駅だから、和泉くんとはちょくちょく一緒に帰ってくるんですけど」

原田先輩の前例があるものだから、僕は内心ひやひやしていた。星野がまた何か誤解を招くようなよけいな冗談を言うのでは、と思うと、かれんの腕をつかんでさっさと走って逃げてしまいたいほどだった。

のんきなように見えて、かれんはこれでけっこうやきもち焼きなのだ。おまけに、へそを曲げたが最後長いってことは、すでに実証済みだ。

走って逃げられやしないかわりに、せめてできるだけ早足で歩こうとする僕の両側で、女たちはぺちゃくちゃしゃべり続けている。

「えっ美術の先生？」と星野。「ええっ、いとこ同士、三人だけで一緒に暮らしてるんですか？　もう一年以上も？」

なにやら恨みがましそうに僕を見上げると、星野は言った。

「和泉くんたら、なによ、そんなことなんにも話してくれなかったじゃないの」

受け取りようによれば、まるで「そんなこと」を全部話さなければいけない間柄みたいにも聞こえる。背中にじんわり汗がふき出した。

そうこうするうちに、僕らは商店街を抜け、定休日の札がかかった『風見鶏』の前を通り過ぎて、ようやくうちの前までたどりついた。

星野の家は、ここからまだ五分ほど歩いたところにある。うちが二丁目で、星野の家は三丁目だ。

かれんが、門に手をかけながら言った。

「ショーリ、送ってってあげたら？」

「そんな、いいですよ。まだ早いですから」

「でも、そろそろ暗いもの」

「平気です、家までスグだし。それに和泉くん、部活で疲れてるだろうから」

そんなふうに言われると、男は逆に、送らなきゃ悪いような気持ちになるってことを、女たちはもしかして知ってて言うのだろうか？

ちょっと意外だった。星野がわざわざそういう言葉を口にしたのは、これが初めてだった。それも、いつも送っているならともかく、今までに彼女を家まで送ったのは、たったの一回だけ。部のコンパで十時を過ぎてしまった時だけだったのだ。

「大丈夫だよな、星野？」

と、僕は言ってみた。

するとと彼女は、僕ににっこり笑いかけながら、こう言い放った。

「なに言ってるの。ほとんど毎日、ここでサヨナラしてるくせに」

頭から、さあっと血が引いた。かれんはどんな顔をしてるだろうと思ったが、そっちを見やる勇気なんか、僕にはなかった。

あんなに長い時間をかけて、また口をきいてもらえるようにまでなったのに。下手《へた》をすりゃ、これで一か月分くらいは逆戻りだ。

と、そのとき。玄関のドアが開いて、佐恵子おばさんがひょいと顔をのぞかせた。

「話し声がすると思ったら、やっぱりあんたたち。そんなとこで何してるの？　……あら」

星野に気づいて、あいまいに微笑《ほほえ》む。

しかたなく、僕は言った。

「同じ大学の、星野さん」

「まあ」おばさんは目をぱちぱちさせた。「まあ……あらあら、まあ、勝利くんのガールフレンド？」

「ちがっ」

「偶然ねえ、今日は丈も、可愛《かわい》らしいガールフレンド連れてきてるのよ。まあまあ、なんてにぎやかなんでしょ」
やばい。佐恵子おばさん、すっかりはしゃいじゃってる。
そう思った時には、事態はすでに僕の手の届かないところへいっていた。
どうぞ上がってって、
いえいえそんな、
一緒に晩ごはん召し上がってらっしゃいよ、
いえとんでもないです、
カレーだから一人増えたって平気なのよ、
でもご迷惑だし、
遠慮なんかしないで若いんだから、
えーでも、
えーやっぱり、
えー。
そうですかー？

……てな具合で、三十分後にはなんの因果か、僕らは全員そろって花村家の食卓を囲んでいたのだった。

ざっと見わたして、丈が言った。

「うへえ、女ばっかし。気持ちわりィ」

なるほど、男二人と女一人の生活に慣れた目から見ると、そう広くないキッチンに女が新旧とりまぜて四人もひしめいているってのは、もはや異常事態と言っていい。

丈が京子ちゃんを家へ連れてくるのだって、僕が知っているかぎりでは初めてだった。今日が『風見鶏』の定休日だったということと、それは、無関係ではないだろう。

要するに、『風見鶏』がだめならば、佐恵子おばさんと引き合わせることになってでも家に連れてきたいと思うほど、丈は彼女と一緒にいたいってことだ。京子ちゃんもそう思っているかどうかは、また別の問題だが。

ともかく、この夜の食事の間、いったい何をどうやって飲み込んだものやら、僕にはさっぱり思い出せない。カレーだって言うんだからカレーだったんだろう。

星野のことをすっかり僕の恋人だと思いこんでしまうあたり、佐恵子おばさんのそそっかしさも原田先輩といい勝負だったが、先輩の時と違ってやりにくいのは、すぐ隣にかれんが座っていることだった。おまけにかれんは、一度も僕を見ようとしないのだ。首筋がひりひりしてくる。

その上、京子ちゃんがこう言った時は、僕は心臓が止まりそうになった。

「うわあーけっこう浮気性なんだぁ勝利くんて。だって確かこないだ、かれんさんとキ」

「あわわわわっ」と丈が叫んだ。「きょ、京子お前、おかわりは?」

「んーと。いいや、ダイエットしてるから」

後片づけが済んでしばらくすると、星野は帰ると言いだした。何やら用事があると言う。まだ八時過ぎだったが、おばさんに強く背中を押されて、僕は彼女を送りに外へ出た。

街灯に照らされた一本道を並んで歩く。かれんのが伝染《うつ》ったわけでもないだろうに、どういうわけか星野までが、黙りこくってうつむいている。

ひとこともしゃべらないままで家の前まで来ると、星野は、

「おやすみなさい」

と言って背中を向けた。

「おやすみ。明日な」

とたんに星野は、くるりと僕をふり返った。

「和泉くん」

「ん?」

「…………」

「どうした? 何か忘れ物か?」

すると星野は、妙にきっぱりとした口調で言った。

「和泉くん、あのひとのこと、好きなんでしょ」

「あのひとって……」

訊き返すまでもない。それがかれんを指していることは明らかだった。

「好きなんでしょ」

利《き》かん気《き》そうな口もとが、えくぼがへっこむくらいにぎゅっと結ばれている。

「そんなこと……」

思わず打ち消そうとしたその言葉を……

僕は、はっとして飲み込んだ。それは、このところ、ほとんど口癖になりそうなほど何回も繰り返してきた言葉だった。

そんなことないとか、ちがうとか、気のせいだとか、誤解だとか……。

誰に対してもそうやって打ち消してばかりいて、どうするつもりなんだ？　そうしてごまかしにごまかしを重ねているうちに、いつか、本当の自分の気持ちまで見失ってしまいそうな気がしてくる。

「隠したってだめなんだからね」

と、目をきらっとさせて星野が言った。

「……うん」

「好きなんでしょ？」

僕は、静かに答えた。

「うん。好きだよ」

言ってしまうと、楽になった。

「でも、どうしてわかったんだ？」

「そんなの、わかるに決まってるじゃない」

もうひとことかふたこと、星野が口の中でぶつぶつ言った言葉が、僕には聞こえなかった。

「何だって？」

「何でもない。おやすみなさい、明日ね」

星野はひらっと手を振ると、もうふり返らずにさっさとドアの中に消えた。玄関からもれた明かりが再び閉じ込められて、あたりが暗くなる。

6

猛ダッシュで家まで戻った。そっと玄関をのぞきこむと、たたきにはあいかわらず、かかとのつぶれた丈の汚いスニーカーと京子ちゃんのローファーが並んでいたが、かれんのサンダルはなくなっていた。キッチンから聞こえてくる話し声の中にも彼女の柔らかなアルトはなかったし、第一、気配がしなかった。冗談なんかではなく、かれんがいれば、僕には気配でちゃんとわかるはずなのだ。

ドアを閉め、もう一度走り出す。

近くのコンビニに、かれんの姿はなかった。駅前の喫茶店にも、終夜営業のブックストアにもいない。もしかしたらヤケを起こしてパチンコでもやっているかなとのぞいてみたが、やっぱりいなかった。

あと考えられるのは、どこだろう？　『風見鶏』が開いている日ならあそこだが、今日が休みだってことは彼女だって知ってるはずだし……。

はっと思いあたって、僕は、シャッターの閉まった商店街を走り出した。今夜は空が晴れていて、北斗七星がよく見える。

クリーニング屋とパン屋の角を曲がり、『風見鶏』の白い建物の手前を入って、店の裏手へまわってみた。

見る前から、わかっていた。

店の勝手口は、路地をはさんで、小さな公園に面している。かれんは、やっぱりそこにいた。シーソーの地面に着いてるほうにちょこんと腰かけて、手にした木の枝か何かで、猫のカフェオレをかまっている。

近づいていくと、かれんは一瞬びくっとして顔を上げたが、僕だとわかるとまた知らんふりして下を向いた。

帰ったときに着替えた、部屋着のままだ。白いTシャツに、紺地に白の小花もようが散ったスリップみたいなドレス。足もとは、裸足《はだし》に革のサンダルばき。小さく並んだ足の爪《つめ》までがいとおしい。

「俺が変質者だったら、どうしてたんだよ？」

と、とりあえず言ってみた。

かれんは、顔も上げずに答えた。

「そしたら、好きになんかならなかったわ」

「……いや、そういう意味じゃなくてさ、」

「ああ」かれんの頭が、ひとつうなずいた。「カフェオレを抱かせてあげたわ。この子、気にいらない人はひっかいてくれるから」

「……ふうむ」

どうやらこの様子だと、かれんとしては最大級に気が立ってるらしい。本来ならこういう時は近寄らないほうが得策なのだろうが、今だけはそうもいかない。

暗がりでは、せっかちな虫たちがしきりに鳴いている。こちらは、夏だという実感さえまだだというのに。どこか遠くから、バイクがスロットルを全開にして走り去る音が耳に届く。

「あのさ、」と、かれんの前にしゃがみながら僕は言った。「星野のことだけどさ」

「誤解だって言いたいんでしょう？」

いつものんびりした話し方なんかどこへやら、かれんはくぐもった声で、早口にそう言った。

「あ、うん」

「聞いたわよ。かあさんにも、何回もそう言って弁解してたじゃない」

「ほんとなんだ」

「…………」

「あの子とは、なんでもないんだよ」

「…………」

「ほんとになんでも、」

「あんまりそういうこと言われると、かえって疑いたくなっちゃうわ」

「だって本当なんだからしょうがないだろ！」思わずプツンときて、僕は声を荒らげた。

「お前が変に誤解するんじゃないかと思ったら気が気じゃなくて、俺なんか飯ものどを通らなかったんだからな」

「そのわりには、おかわりしてたじゃない」

「とりあえず食ってないと間がもたなかったからだよ！」

かれんは、返事をしなかった。

ずっとうつむいたままひざを抱《かか》えているので、どんな表情をしているのかがまるで見えない。細い指に持った木の枝だけがひらひらと動いては、じれるカフェオレをじゃらしている。

「かれん」

「…………」

「なあ、かれんってば」

「…………」

僕は、ため息をついた。

「頼むよ、こっち向いてくれよ。せっかく前のことを許してもらえたところだってのに、またこんなんなっちまうなんて、そりゃあんまりだよ」

かれんの三つ編みは、ほどかれていた。ウェーヴを描く髪の先っぽが地面に着きそうになっていたので、僕はそうっと手を伸ばした。人さし指に引っかけて持ち上げ、カーテンのすきまから見てはいけないものを盗み見るみたいにして、おそるおそるのぞきこむ。

彼女の瞳が、ちらっと動いて、僕を見た。

　とたんに、かっちーんときた。

　かれんは──なんと、声を出さないまま、顔じゅう口にして笑っていたのだ。

「お・ま・え・なぁぁぁぁぁ……」

　僕にばれたとわかるなり、

「きゃーっ」

　彼女は立ち上がり、隣にあった滑り台の階段をたたたっとのぼって、一番てっぺんにうずくまった。ためにためておいたとみえる大笑いが、頭の上から降ってくる。

「こらっ下りてこい！」

「やーですよぉーだ」

　追いかけてのぼろうとすると、持っていた木の枝で僕をつっついて撃退しようとする。猫を木に追い上げたブルドッグみたいに、僕は歯をむき出してうなり声をあげた。

「てめえ、ふざけろよ？」

「私が、ほんとにこんなことで、やきもち焼くと思ったのー？」

　と、かれんが笑う。

「思ったよ！」と僕は怒鳴った。「妬《や》かないはずはないとまで思ったさ！　前に、京子ちやんが抱きついた時でさえ妬いたぐらいなんだから」

「そんなこと、あったかなぁ」

「忘れたとは言わせないぞ。お前がその口ではっきりそう言ったんだからな」

「いつよぉ」

「俺たちが初めてキスした時だよ！」

「やだぁ。そういうことばっかり覚えてて」

かれんは僕を見おろしながら、ほんとに恥ずかしそうに身をよじった。

「やーらしー。ショーリったら、いつもそういうことで、頭の中いっぱいなんでしょう」

「やらしーのはどっちだよ」と僕は言ってやった。「俺の目の前で、いきなりストリップ始めたくせに」

「あれは、酔っぱらっちゃってたんだから、しょうがないの」

「そうか。酔ってりゃいいんだな？　じゃあ、俺だって酔っ払ったら、お前に何をしてもいいんだな？」

「それはだめよ」すました顔で、かれんは僕に向かって人さし指をふり立てた。「お酒は、二十歳になってから」

あんまり憎たらしかったので、僕は隙をついてひと息に滑り台の階段をかけのぼり、かれんの足首をぎゅっとつかんでやった。悲鳴を上げた彼女が、笑いころげながら、ひとの頭をぴしぴし木の枝でたたく。

「だめ、ショーリ、下りてってば」

「そうはいくか」

「だって、今のショーリ、すごいエッチな顔してる」

「何だって?」

「エッチなことしてやるぞ、やるぞ、やるぞって、顔に書いてある」

そうか。そこまで言ってくれるなら、ご期待に応《こた》えてやろうじゃないか。

かれんから木の枝をひったくって投げ捨てると、僕はじたばた騒ぐ彼女の隣に無理やり体を割り込ませた。

久しぶりにのぼる滑り台のてっぺんは、記憶にあったのよりもずいぶん狭い。銀色の柵《さく》の冷たさが、Tシャツをとおして背中に伝わってくる。

とりあえずは、お仕置きから始めなければ気がすまなかった。

「よくもだましてくれたな」と僕は言った。

「これしきのことで私が怒るなんて思いこんだ、ショーリのほうがいけないのよ」かれんは、しれっとした顔で言ってのけた。「それとも、ほんとは何かやましいことでも……」

僕は手を伸ばして、彼女のほっぺたをぎゅっとつねってやった。

「痛ったぁぁい！」

「痛いようにやってるんだよ」

「ひどーい、痛ぁーい！」

「大丈夫、力を抜けよ。痛いのは最初だけだから」

「またそういう、やらしーこと言うー」

ようやく手をはなしてやると、涙目になったかれんが、少し赤くなったほっぺたをおさえながら恨めしそうに僕をにらんだ。

「そんなに怒ることないじゃない」かれんは洟をすすった。「ショーリだって、ベッドの上にあんな写真貼ってたんだから、これでおあいこよ」

「まぁだそんなこと、根に持ってたのか」

「あ。その言い方って、ぜんぜん反省の色がないんじゃなぁい？　許してもらいたい時だけ神妙な顔するなんて」

「反省なんか、誰がするか」と、僕は言い捨てた。「あれくらいの写真、かわいいもんさ。お前はわかってないみたいだけどな、男の欲望なんか、ほんとはそんなもんじゃ済まないんだぞ。あの中沢だって、ふだんは紳士ヅラして英文法なんか教えてるけど、頭ん中で考えてることなんか似たり寄ったりに決まってるんだからな」

かれんがしかめっ面をした。

「じゃあ……もしかしてショーリも、私を見るたびに、あの写真よりもっとすごいこと考えたりしてたわけ？」

「そうだよ」

「いやらしーっ」

「それが男ってもんだよっ」

「もう、サイテー。大っきらい」

「もういっぺん言ってみな」

「大っきら……」

こんどは両手を伸ばして、かれんのほっぺたを両側からぎゅっとやった。

「痛っ……」

言いかけた彼女の頬をそのままぐいっと引き寄せ、いきなり唇をふさいで黙らせる。

思いきったことをしたもんだな、と、後から自分に驚いた。我ながら、そうとうアタマにきていたらしい。

つねっていた両手をはなして、かれんのほっぺたを包み込んだ。髪の中に指をさし入れる。やがて、かれんの体からすうっと力が抜けていくのがわかった。

そっと唇をはなして、僕は言った。

「な？　言ったろ。痛いのは最初だけだって」

「……ショーリ」

かすれた声で、かれんがささやく。

「ん？」

「すっごい、キザ」

「うるさい」

「わかってる？　ここ、レインボーブリッジとかホテルのバーじゃないのよ？　ひよこ公園の、滑り台の上よ？」

「いいから、黙って目ぇつぶってろってば」

ずっと外にいたせいで、彼女の頬と鼻の先はひんやりと冷たくなっていた。もちろん唇もだ。何度も、何度も、キスを繰り返す。キスとキスの合間にもれる、お互いの息だけが熱い。

かれんの両手が、僕のTシャツの胸のあたりで、触れるか触れないかのままおずおずとさまよっている。しびれをきらした僕は、その手を取って自分の背中にまわしてやった。しなやかなかれんの腕が、僕のからだを思いがけないほどしっかりとした力で抱きしめてくる。からだじゅうの血が、カッと燃えたぎる。

苦しかった。触れられないのも拷問《ごうもん》だが、触れるのも、これはこれで拷問に近い。かれんの細い体は僕の腕の中にすっぽりとおさまってしまって、頼りないったらない。てのひらにのせた雪のひとひらみたいに、今にもとけてかき消えてしまいそうだ。

流れ落ちる髪をかきわけて、彼女の背中にてのひらをあてる。体温が伝わってくる。その手を、背骨に沿ってゆっくりと這《は》わせてみた。かれんの息が、乱れて少しはやくなる。

ほんとうは、さわってみたいところはもっと他にもあった。でも、さすがにそれはためらわれた。こんな所でそういう思いきったことをするには、僕はたぶん、彼女にまいりすぎているのだ。

しばらくして、ようやく少し落ち着いてきてから、僕は、かれんの耳にささやいた。

「ひよこ公園で、よかったかもしんない」

僕の胸に背中をもたせかけ、滑り台のスロープに足を投げ出して座っていた彼女は、首をねじるようにして見上げてきた。

「どうして?」

「これがもしお前の部屋だったら、俺、このまま我慢できるとは思えないもん」

かれんが、体を起こした。ふりむいて、まじまじと僕を見つめる。

「どうした?」

再び前を向いたかと思うと、彼女は突然そのまま、スルスルッと滑り下りてしまった。

「何だよ、どうしたんだよ急に」

「そろそろ、帰らなきゃ」

地面に降り立ったかれんの足もとに、待ってましたとばかりにカフェオレが体をすりつけに来る。

「まだ、九時半だぜ」

「でもほら、えーと、明日も早いし」

ついさっきまでの催眠状態からはすっかり覚めてしまったようで、さっさと歩いて帰ろうとする。その足どりが、なんだか妙にギクシャクと緊張していた。どうやら僕はまたしても、よけいなことを言ったらしい。

だが――今を逃《のが》したらまたしばらくは、キスどころか手を握ることさえお預けになりかねない。佐恵子おばさんがいつまでこっちにいる予定かわからないし……。キスのし溜《だ》め、なんてのは聞いたことがないが、せめて最後にもう一回くらい、うんと熱烈なやつをやっときたいじゃないか。

あわてて滑り下りる。彼女が公園を出るより前に、大きなケヤキの木の暗がりで追いついて、後ろから声をかけた。

「待てってば、かれん」

僕の必死の想いが伝わったのだろうか。彼女は、ふっと足を止めた。

僕は、あたりに素早く目を走らせた。よし。いくんだ勝利。

ほっそりとした彼女の右の肩に手をおく。続いて左の肩にも。後ろから抱き寄せて、耳もとにそっとささやく。

「かれん、俺……」

「あっこんなところにいるぅ！」

ぶったまげて手を引っ込めた。かれんが一瞬、おびえたような目で僕をふり返り、叫んだのが僕ではないと悟ると、とっさにケヤキの陰に飛び込んだ。

ふり向くと、公園の横の通りで手を振っているのは、京子ちゃんだった。すぐ横に立つ夜目にも派手なTシャツは、言わずと知れた丈の野郎だ。街灯の明かりに照らされて、蛍光色の骸骨《がいこつ》が浮かび上がっている。

京子ちゃんが駆けよって来て言った。

「佐恵子おばさん、勝利くんが遅いって心配してたわよ。あれから、かれんさんまでどっか消えちゃったんだって」

「へ……へええ。どこ行ったんだろうな」

ホッとした。僕の体の陰になっていたのか、かれんには気がつかなかったようだ。

「どこで何してたの？」

「え……ああ、ちょっとな。星野を送ってったついでに、パチンコを」

京子ちゃんが、いたずらそうに僕をにらんだ。

「チョコレートくれたら黙っててあげる」

「ごめん、全部すっちゃったんだ」

「うっそー」

「俺は、嘘《うそ》なんか、つかない」

見ると、近づいて来た丈のヤツが、後ろでくっくっと笑いをこらえていた。こいつめ。いったい何がおかしい。

「もう九時半だぞ、丈」と、ぶっきらぼうに僕は言った。「京子ちゃんの家には、ちゃんと連絡してあるんだろうな？」

「おふくろが二回も電話したよ。勝利と違って、そういうことにぬかりはないさ」

「へらず口はいいから、早く送ってってやれ。コドモはもう寝る時間だぞ」

するとと丈は、思いきりわざとらしくうなずいてみせた。

「そうだよね。ここから先は、オトナの時間だよね。滑り台なんかで遊んでる場合じゃないよね」

ギクリとした僕の横を通り抜けざま、丈は、低い声でささやいた。

「ほんっと、グズな。何やってんだよ。がばっと頂いちゃいなよ、がばっと」

あっけにとられて、僕は丈を見送った。

どうやら彼には、かれんの隠れるところが見えてしまったらしい。いや、あるいはもっと前……僕が滑り台を下りるところあたりからだろうか？

それにしたって、またしてもグズとは言ってくれるじゃないか。彼らさえここを通りかからなければ、それこそ今頃はとっくに「がばっと頂いちゃって」いたはずなのだ。

僕は、丈の背中に向かって、せめてもの復讐《ふくしゅう》をしてやった。

「なにげに遠回りなんかしやがって。気をつけろよ京子ちゃん、そいつ下心みえみえだぞ」

後ろの木の陰で、ぷっと小さくふきだすのが聞こえる。

ふり返った丈が、僕に向かって中指を立ててみせた。

丈よりひと足先に、『風見鶏』から駅へと続く道へ出ていた京子ちゃんは、学生カバンの取っ手を両手で持って、自分もくるくる回りながらふりまわしていた。セーラー服のすそが丸く広がり、白いソックスが夜の底で軽やかなステップを刻む。

「ねえねえ見てよ丈、あれ、おおぐま座っていうんだよ」

「どれ？」

「あれ」

「あれは北斗七星だばーか」

「北斗七星が、おおぐまの背中としっぽなんだもん」

「……………そうとも言う」

「へへーんだ、丈のばーか」

ぴょんぴょん跳《は》ねている京子ちゃんを、うながすようにあごをしゃくり、丈は先に立ってすたすたと歩いて行く。調子っぱずれの鼻唄《はなうた》が聞こえてくる。

「ったく、かなわねえよなあ、あいつには」

苦笑しながらつぶやくと、後ろでクスクス笑いがそれに応えた。

僕は、小声で訊いてみた。

「そういえばさ。こないだの七夕さまん時にしてた願いごと、あれ、叶ったのか？」

遠ざかっていく丈が、京子ちゃんに何か言って、背中をどつかれている。

「うん」

と、かれんのささやき声。

「じゃ教えろよ。何をお願いしたんだ？」

「そんなの、決まってるじゃない」

「なに」

「『ショーリと仲直りできますように』って」

「お前が、一人で怒ってたんだろ」

「でも、ショーリがいけないんでしょ」

「…………」

僕がこっそり後ろにまわした手を、ひんやりとした指先がそっと握り返してくる。

見上げれば、星は、降るようだった。

——僕らの夏が、ようやく始まろうとしている。

TIE YOUR MOTHER DOWN

1

暑い。むちゃくちゃ暑い。脳みそが蒸し焼きになりそうだ。

このクソ暑い真夏の昼下がりに、僕は、部屋の押し入れの暗がりでうずくまっている。じっと膝《ひざ》をかかえているだけでもじんわり汗が噴き出して、背骨のくぼみを伝わり落ちていく。Tシャツの背中はもうグショ濡《ぬ》れだ。息苦しくてしかたない。

いったいどうしてこんなアホみたいなことをやっているかというと……それが僕にもよくわからない。扇風機を〝強〟にしてベッドに横になり、ヘッドフォンでCDを聴いていたら、とつぜん丈が入って来て僕の腕をひっぱり起こし、無理やりここへ押しこんだのだ。

理由を聞いても、「いいからあとで」と言うばかりだった。

「あとでってお前」

「言うとおりにしろってば、勝利。オレが呼ぶまで絶対出てくんなよ、声も物音もたてるなよ、おふくろに呼ばれてもいないふりしてろよ」

「だからなんでだよ」

「いいから、まかしとけってば」と丈は言った。「姉貴と二人になりたくねえの？」

ドキッとして、思わず丈の顔を見あげる。丈は、にしゃあっと笑って言った。

「な。まかせろよ。オレが勝利のこと、悪いようにしたためしがあったか？」

ピシリとふすまが閉められ、暑苦しい闇《やみ》の中に取り残されて……それきり、もうすでに五分が過ぎようとしている。

その間、インターフォンの呼び出し音が一回鳴った。とりあえず丈に言われたとおり出ずにいたら、すぐにスリッパの音が近づいて来て部屋のドアがノックされ、カチャ、と開く音がして、佐恵子おばさんの声が言った。

「あらほんとだ、いないわ。いつのまに？」

「なーっ、だから出かけたっつったろーっ」

隣の部屋から丈が怒鳴るのが、押し入れのベニヤの壁ごしにやけに大きく聞こえた。そのあと佐恵子おばさんが何か言い、丈がまたでかい声で、

「やだよオレ、これでも受験生なんだぜえ」

と文句を言うのが聞こえ……。しかし、そのあとの二人のやりとりは、内容までは聞き取れなかった。

したたり落ちる額の汗を何度もぬぐいながら、蛍光色に浮かび上がる腕時計の文字盤をみつめているうちに、どんどんバカバカしくなってきた。

なんだってわざわざこんな暑い日に、大の男が自分の部屋の押し入れでかくれんぼしとらにゃならんのだ。こうしていれば、本当に丈が言うように、かれんと二人になるチャンスが訪れるとでもいうのだろうか？

当のかれんは今、二階の自分の部屋で寝ている。かわいそうに、せっかく夏休みに入ったとたんに夏風邪《なつかぜ》をひいて高熱を出してしまったのだ。疲れが出たか、でなければ学校の生徒あたりから伝染《うつ》されたに違いなかった。

そう言えば、この間の電話では、九州にいる親父も風邪をひいたと言っていた。どことなく心細そうな、しみったれた声だった。

親父め、ばっかでえ、と思う。転勤中の留守宅を人になんか貸すから、もうすぐお盆休みだってのに帰ってくる家もないのだ。

この家に来ればいいじゃん、と誘ってはみたのだが、面倒くさいとか言って渋《しぶ》っていた。娘ならともかく、図体《ずうたい》ばかりでかくなった息子の顔なんか見てもしょうがないのだろう。お互いさまではある。

半年ほど前、二月の終わりごろにも、かれんは風邪をひいて何日か寝込んだ。しかもあの時は、外から帰った僕が、シャワーを浴びているのが丈だと思いこんでうっかり風呂場《ふろば》をのぞいてしまったんだった。

でも、今度のは、あの時の風邪とは比べものにならないくらいひどかった。たまに二階からトイレなどに下りてくるかれんは、顔なんかまたひとまわり小さくなってしまって、青白い頬《ほお》ともつれた髪が痛々しかった。彼女の苦しそうな咳《せき》を耳にするだけで、僕は自分の胸がしめつけられるような気がして、いてもたってもいられなくなった。

そんなわけで、この三、四日というもの、僕らはろくに言葉をかわすこともできないでいる。かれんと丈との三人だけでこの家に暮らしている時ならばつきっきりで看病してやることもできるのだが、いまは佐恵子おばさんがいるおかげで、僕の出る幕はない。

毎度のメシの心配もいらず、掃除も洗濯もやらなくていいというのはもちろん楽ではあったけれど、かれんのためにしてやれることが何もないのにはストレスがたまった。男の僕が、用もないのに二階へ上がっていくのも不自然だ。なにせ階上《うえ》には、かれんの部屋と花村夫婦の寝室しかないのだから。

汗が、またしてもあごの先からポトリとひざに落ちた。時計をのぞき込むと、もうあれから十分以上がたとうとしていた。正確には十三分。丈はまだ呼びに来ない。もしかしてヤツにからかわれたんだろうかと、つい疑心暗鬼になってしまう。

オレが勝利のことを悪いようにしたためしがあったか？　が聞いてあきれる。丈の言うことをきいて、いいことがあったためしのほうが少ないくらいなのだ。

この間だってえらい目にあったばかりだった。一緒に駅前のレンタルビデオ屋へ行ったときのことだ。

観《み》たい新作がちょうど貸出中だったので、あきらめて何も借りずに帰ろうとしたら、

「あッちょい待ち、これ頼まぁ」

丈が一枚の細長いふだを僕の手の中にすべりこませた。見ると、やっぱりだった。整理番号のシールの貼《は》られたそのふだは、十八禁のビデオであることを示すピンク色だったの

だ。まだ中学三年の丈が自分で借りるには、たしかに無理がある。

「しょーがねえなあもう」

と舌打ちをしてみせたのは、いわゆる建前《たてまえ》というやつだ。

（よし。今晩、女どもが寝た後だな）

僕は店員が男であることを抜け目なく確かめてから近づき、会員カードとふだをカウンターの上に出した。店員は、カードをレジの機械のみぞにシュッと通して言った。

「サービスポイントはどうされますか」

「あ、そのままためといて下さい」

そう答えた時だった。

カウンターの下から、ひょいと小柄《こがら》な人影が立ち上がった。真っ正面から向き合う形になっただけでもびっくりしたのに、

「やっだぁー！」

そいつが大きな声を出したのには、心臓が止まりそうになった。

「和泉くんかと思ったらやっぱり和泉くん！」

なんと、星野りつ子だった。赤い縞々《しましま》のTシャツの上に、店の名前の入った生成《きな》りのエ

プロンをして、両手に一本ずつ未整理らしいビデオを持っている。

「星野、お前」思わず口ごもる。「こ、こんなとこで何してんの」

「ハンバーガーでも作ってるように見える？」

「い、いや……」

ばかのように首をふった僕に向かって、彼女はくいっとあごをつき出すようなうなずき方をして言った。

「夏休みの間バイトすることにしたの、部活のある日は夜だけ。ない日は午後いっぱい。今日でまだ二日目なんだけど」

「ふ……ふうん」

と、僕は言った。どうもまずいことになったと思った。

「ここだけの話ね」カウンターの上にぐっと身を乗り出してきて、星野は小声でささやいた。「バイトしてると、ビデオ借りるのタダなのよ。大好きなスプラッタホラーが、もう毎日借りほうだい」

隣に立つ店員を見上げて笑い、ぺろりと舌を出す。

僕は愛想笑いをしながらできるだけさりげなく手をのばし、カウンターの上にポツンと置かれていたピンクのふだを隠そうとした。とたんに星野がさっとそれを取った。

「これ借りるのね。さがして来たげる」

「いや、やっぱそれやめ……」

言いかけた時には、星野の姿はとっくに店の奥の倉庫に消えてしまっていた。ピンクのふだが何を意味するのか、新入りの彼女にはどうやらまだわかっていないらしい。いっそのことこのまま走って逃げてしまおうかとも思ったが、すでに顔を合わせてしまった後では手遅れだった。男の店員と視線がぶつかる。半分気の毒そうな、でも半分は面白がっていることがありありとわかる顔を、彼はあわてて僕からそむけた。

目の端に、丈が自動ドアからそーっと忍び出ていくのがうつった。

「丈ッ！」僕は二、三歩追いかけながら怒鳴った。「お前、この責任……」

「和泉くん？」後ろから星野の冷たい声がした。「どこ行くの？」

背中から氷水を浴びせかけられたような感じだった。ほかにどうしようもなくて、おそるおそるふり返ると、彼女はゆっくりと僕を手まねきした。仕方なくカウンターに戻る。

星野は、奥から取ってきたビデオテープのタイトル部分を、まるで水戸黄門《みとこうもん》の印籠《いんろう》みたいに突き出して僕に見せながら、一字一句、ごていねいにサブタイトルやリードまで読み上げてくれた。

「女子大生カオリ・踏みにじられた純潔!」店じゅうに響きわたるような声だった。「欲望の密室と化した男子更衣室、泣き叫び悶《もだ》える美人マネージャー!」

(丈の野郎……!)

僕は頭をかかえた。よりによって今日に限って、いったいなんちゅう内容のものを選んでくれたんだ。

星野は能面みたいに無表情な顔で言った。

「お客様、こちらで間違いございませんね」

答えられずにいると、彼女はビデオをパタリとカウンターに置き、汚いもののように男の店員のほうへ押しやりながらすごい目で僕をにらんだ。

「和泉くんに、まさかこういう願望があるとは知らなかった」

「い、いやこここれは、」

「これからは男子更衣室には近寄らないように、せいぜい気をつけさせてもらうわ」

「だ、だからそそそれは、」

星野はぷいっとそっぽを向くと、さっさと事務室に入って行ってしまった。

それっきり彼女は、部活の時も僕に冷たい。まあ当然といえば当然だろう。こんなことがあった後でまで僕に愛想がよかったりしたら、逆に彼女の願望のほうを疑いたくなろうというものだ。

しかし原田先輩にまで、「お前、星野に何か悪さしたんだろう」と決めつけられ、腕立て百回を課されたのには参った。まったく踏んだり蹴《け》ったりだった。

それもこれも、もとはといえばすべて丈のせいなのだ。

僕は最後にもう一度だけ腕時計に目を走らせ、押し入れに入ってから十七分たったことを確かめると、とうとうふすまに手をかけようとした。

そのとき、いきなり目の前に光の幕がひろがった。まぶしさに目をしばしばさせながら見ると、すぐそこに丈の膝小僧があった。

「ヘイお待ちどお」と丈は言った。「もう出てきてもいいぜ」

一緒に暮らし始めた頃はまだすんなりとした少年の足だったのに、いつのまにかその膝小僧は、すっかりゴツゴツした男のそれに変わっている。月日というものは、こんなところで、こんなふうに確実に過ぎていくものなのだ。

「…………」

無言で押し入れから這《は》い出し、扇風機の前にへたりこんでスイッチを入れた。びしょ濡れのTシャツをむしり取るように脱ぎ捨ててあおむけに転がり、涼しい風に吹かれながら何度か深呼吸をくり返すうちに、ようやく生き返った心地になってきた。

「わ……わけを聞かせろ、わけを」と、僕はうめいた。「無理やりダイエットなんかさせやがって。俺を納得させる言い訳《いわけ》ができなかったら、タダじゃおかねえぞてめえ」

丈はプッとふき出した。「おっかねーの」

「いいから、わけを言え」

「そんなことより、早く上行ってこいよ」と彼は言った。「グズグズしてっと、おふくろ帰って来ちまうぜ」

僕は、がばっと起き上がった。クラクラめまいがしたが、そんなことにはかまっていられなかった。

「おばさん、出かけたのか？」

「ああ、つい今ね。姉貴が熱っぽくて、どぉぉぉしてもプリンみたいな冷たいもんが食いたいっつってるって、そう言ってみたんだ」

「プリンくらい買いに行ってやったのに」

「ばーか。勝利が出かけちまっちゃ元も子もねーだろ？　プリンは、おふくろを出かけさせるためにオレがひねり出した口実。だいたいあの姉貴が、勝利以外を相手にそんなワガママ言うわけねーじゃん」

こいつめ。たまにはいいことを言う。

「代わりに買いに行かせようにも、オレはこのとおり受験勉強中だし、勝利はいつのまにか留守だしさ。しかたなくおふくろは、出かけついでに夕飯の買い物をすませてくることにしたのデシタ」

僕は、足の親指で扇風機のスイッチを消して立ち上がった。たんすの引き出しから乾いたTシャツをつかみ出して、頭からかぶる。

部屋のドアを左手で開けながら右のそでを通し、通したその手で、後からついて出ようとした丈の頭をパカンとはたいてやった。

「恩に着る」

ついぶっきらぼうな口調になってしまったのは多分に照れ隠しだったが、丈はまたしても、にしゃあっと笑ってこう言った。

「じゃあ、ピンクのふだ三枚でチャラってことで」

2

部屋のドアをノックすると、

「はぁい」

かれんの小さな声が応《こた》えた。

ドアのすきまからのぞいたのが僕だと気づいたとたん、彼女はあわててベッドの上に体を起こそうとした。

「あっばか、起きなくていいよ。寝てろ」

かれんは少し迷ったようだが、結局おとなしくまた横になった。

この部屋に入るのは久しぶりだった。というか、一年以上もひとつ屋根の下に住んでいながら、僕がかれんの部屋に足をふみいれるのはこれでまだ二度目なのだ。

部屋のようすは、春休みに見た時からそんなに変わってはいなかった。ベッドにかかっていたはずのブルーのカバーがどこかに取り去られ、カーテンが薄地の夏物に取り替えられているくらいだ。

机の前から木の椅子《いす》を持っていって、僕はかれんのベッドの枕《まくら》もとに腰をおろした。

「どうしたの、ショーリ？」かすれ声で彼女が言った。

「う……ん。お前、プリンを食べたがってることになってるの、知ってるか？」

「丈がさっきのぞきに来て、そういうことにしとけって言ってたけど……どういうことなの？」

僕が事情を説明してやると、青白かったかれんの頬がぽっと染まった。

「あの子ったら、もう」夏掛けを鼻まで引き上げて赤くなった顔を隠しながら、彼女は言った。「昔っから、そういうこと企《たくら》むのだけは一人前なんだから」

「でも、助かったよ」と僕は言った。「おかげで久しぶりにこうやって、間抜けな大バカモンの顔がゆっくり拝める」

「それってもしかして、私のこと？」

「夏風邪はバカがひくって言うだろ？」

「ひきたくてひいたんじゃないわよぉ」

「ひきたくないのにひいたんなら、なおさら間抜けってもんさ」

かれんはふとんから目だけを出したまま、恨めしそうに僕を見上げた。

「わざわざ来てくれたのは、そんなこと言うため？」

「そうじゃないよ」僕は思わず笑ってしまった。「うん。そうじゃないよな」

右の手をのばして前髪をかき上げてやり、もつれた髪を指でゆっくりとかす。そのまま額にそっとてのひらをあてると、彼女は目をつぶって、ふうっ……とため息をついた。

「気持ちいいー」

僕は左手を自分の額にあてて比べてみた。

「まだちょっと熱っぽいな」

かれんが目を開ける。長いまつげが、僕のてのひらの端にカサコソとこすれる。

「でも、昨日あたりからだいぶいいのよ。咳もおさまってきたし」

言った先から、彼女はコンコンと咳《せ》きこんだ。

「いいよもう、あんまりしゃべらなくて」

「だって……」

「なに」

「黙ってると、なんとなく……」

「なんとなく？」

照れくさいんだもの、と、かれんはふとんの中でつぶやいた。

僕は前かがみになって、彼女の顔をすぐ近くからのぞきこんだ。

「な……なあに？」

目をみはって、彼女は言った。僕は彼女の額に自分の額をくっつけた。

「熱っぽいな」

「それ、さっきも言ったわ」と、かれん。

「……そうだったかな」

「……そうよ」

額をくっつけあったまま、彼女の鼻から下を隠している夏掛けをそろそろと引きさげる。

彼女は半分だけまつげを伏せた。うっすらと開けた目で、僕の頬のあたりを見ている。

「伝染《うつ》っちゃっても知らないから」と、彼女がささやく。

「俺はバカでも間抜けでもないさ」

「もう、失礼しちゃ……」

シーッと唇に指をあてる。かれんのまつげが下のまつげと合わさったのを見届けて、僕は目を閉じかけた。

まだほんの数えるほどしかキスを交わしたことがないせいか、彼女は、こんなふうになるたびにこちこちにかたくなってしまう。それが、僕にはなおさら愛《いと》しい。僕だってじつは負けず劣らずドキドキしているのだが、彼女がこういう具合だと、ゆっくりかたくなっているひまがないのだ。こっちがリードしなければと思うせいかもしれない。

緊張で、無意識に首をすくめているかれんの小さなあごに人さし指をかけてやると、彼女はのどを撫《な》でられた仔猫《こねこ》のように少しだけあごを持ち上げた。

もちろん口紅なんてつけてるはずはないのに、かれんの唇はとてもきれいな珊瑚色《さんごいろ》をしている。星野りつ子のぷっくりした唇とも、丈が惚《ほ》れている京子ちゃんの挑戦的な感じのそれともちがう、もっと優しくて、もっとつつましくて、もっと柔らかな唇……。時折いとおしさのあまり、いっそ乱暴にかみついて血を流させてやりたくなることさえあるその唇を、僕は自分の唇で押し包もうとした。

……耳をすませた。

………耳をすませた。

…………耳をすませた。

体を起こし、椅子からそっと立ち上がる。

目をあけて何か言いかけるかれんを制してドアに忍び寄り、ノブに手をかけて、回すと同時にさっと引き開けると、じたばたあわてふためいた丈が、廊下ですべりそうになりながら逃げ出すところだった。

「丈ッ！　てめえ……！」

「ごっめぇぇぇぇん！」

逃げながら、彼はげらげら笑いだした。階段を下までころげるようにおりてから、上で仁王立ちになっている僕を見上げる。

「ったく、懲《こ》りねえ野郎だなッ！」

と僕は怒鳴った。

「でも、なんでわかったのさ？」と丈。「きしむ段のところは抜かして上《のぼ》ったのに」

「気配だ気配！」と僕は言った。「邪《よこしま》な気配にはピピッとくるんだよッ！」

「ちぇーっ、ケチぃ」肩をすくめながら、丈はぬけぬけとそう言った。「いいじゃねーかよ、減るもんじゃなし」

僕は黙ってげんこつを突き上げて見せ、かれんの部屋に入ってバタンとドアを閉めた。

「っとに、油断も隙《すき》もあったもんじゃねえ」

かれんに目をやると、彼女は再び夏掛けを鼻までかぶり、今にも笑いだしそうな瞳をきらきらさせて僕を見ていた。

チキショー。なんて可愛《かわい》いんだろう。とても五つ年上になんか思えない。

もう一度そばへ行って腰かけようとしたとたん、今度はばたばた足音をたてて丈が上がってきた。律儀にノックする。僕はため息をつき、ドアを開けてやった。

「今度は何だってんだよ」

すると丈は、ものすごく申し訳なさそうな顔を作って言った。

「帰ってきちゃった」

「ええッ?」僕は思わず叫んだ。「早くねえか?」

「駅前まで行かねえで、そこのツルカメヤですましちゃったみたい」

言い終わらないうちに玄関のドアがガチャッと開いて、買い物袋のガサガサいう音が聞こえた。

「丈……。お前なあ」

「だから、ごめんってば」と、彼は手を合わせた。「この埋め合わせはするからさ」

「もういい」と僕は言った。「頼むからよけいなことすんな」

あの押し入れサウナはいったい、何だったんだろう？　がっくりと肩を落とした僕に、丈はかれんの机の上からすばやくCDを取ってよこした。

「な、これでも借りに来たことにしなよ、勝利。オレと一緒におりていけば、おふくろも変に思わないだろうしさ」

「…………」

思い切りにらみつけてやりながら、仕方なくそれを受け取る。タイトルを見ると、初期のクイーンの（つまり彼らがまだシンセサイザーをまったく使っていなかったころの）ベストアルバムだった。なんのことはない、僕がかれんに貸してやったやつだ。

ベッドの脇《わき》にあった椅子をもとの机のそばに戻して、僕は小声でかれんに言った。

「じゃあ……またな。早く治せよ」

「ん。がんばる」

かれんは、にっこりしながら手をふった。

「丈ー。いないのー？」

下で佐恵子おばさんが呼ぶ声に、反射的にいらいらしてしまった。

決しておばさんが悪いわけではない。僕のわがままだということはわかっていた。おばさんにとっては死んだ姉の一人息子だとはいえ、僕はこの家の下宿人にすぎないのだし、ずいぶん世話になっていることだって、よくよーくわかっているのだが……それでも、どうしても気持ちが苛立《いらだ》ってしまうのを止められない。早くおばさんがイギリスへ帰ってくれないだろうかと、毎日そればかり願ってしまうのだ。

後ろ手にドアを閉め、丈のあとから階段を下りながら、僕は手の中にあるCDに目をおとした。フレディ・マーキュリーは、希代《きだい》の名ヴォーカリストだった。まったく惜しい男を亡くしたものだ。

かれんは、中でも「Somebody to Love《愛にすべてを》」と「Bohemian Rhapsody《ボヘミアン・ラプソディ》」が好きだと言ったけれど、僕がこれから部屋に戻ってヘッドフォンでガンガン聴きたいのは、それとは別の、とくに好きなわけでもないハードナンバーだった。

　おふくろさんを縛りつけて《タイ・ユア・マザー・ダウン》
　おふくろさんを縛《しば》りつけて
　詮索《せんさく》されるのはまっぴらなのさ
　弟たちは泳ぎにでも行かせろよ

今夜は君のすべてが欲しいんだ……!

3

白いしっくい塗りの壁に、窓からの木もれびが透《す》きとおった緑の影を落としている。

八月に入ったばかりの土曜日。長居していた二組の客も、誘い合わせたかのように一度に退《ひ》けて、『風見鶏』の店内は再びヒゲのマスターと僕だけになった。

土曜の昼はいつもこんな具合に混みあう。常連のお客はかえって少ないのだが、近くの公園でデートしてきたばかりのカップルだとか、買い物帰りにひと休みしたくなったおばさんグループなんかが、入れかわり立ちかわりやって来るからだ。

店内には、木製のテーブルが四つ、それぞれ壁に一辺を寄せる形で置かれている。あとはカウンター席になる。十人も入れば窮屈に感じるような小さな喫茶店だけれど、居心地の良さは抜群だった。壁の塗り方や床材、観葉植物の配置から絵の選び方に至るまで、隅々にマスターの頑固なこだわりがうかがえる。

奥のテーブルから下げてきた食器を洗う僕の隣で、マスターはけばのたたない木綿のクロスを片手にグラスを磨いている。長いカウンターのすみに次々と並べられていくグラス類は、ひとつひとつのふちが丸く輝いて、まるで天使の輪みたいに神々しくみえる。

「さぁてと。ひと息いれるか」

最後のグラスを磨き終えたマスターが言った。湿ったクロスをカウンターの下のカゴに放り込み、その手で丸いスツールを引き寄せてどっかり腰をおろす。

「アイスコーヒーでもいれようか？」と僕は言った。

「ああ、いいな。たまには冷たいのも」

マスターは帆布《はんぷ》のエプロンの胸ポケットに手を入れて、つぶれた煙草《たばこ》の箱を出した。一本抜き取り、曲がっているのをスッスッと撫でてまっすぐにする。口の端にくわえ、店のマッチをすり、大きな手で囲いながらうつむきかげんに火をつけるようすは、西部劇に出てくるさすらいのガンマンみたいだった。ひげ面《づら》のせいでよけいにそう見えるのだろう。

ぽいとカウンターに放り出された紙マッチは、鮮やかな赤だ。雄鶏《おんどり》の黒いシルエットが描《えが》かれた下に、ヨーロッパ風の飾り文字で『風見鶏』とロゴが入っている。いつだったか、マスターから頼まれてかれんがデザインしたやつだった。こんなふうなささやかな共同作業を通して、二人は兄妹《きょうだい》の絆《きずな》を確かめ合っているのかもしれない。

砕いた氷をいっぱいに詰めたグラスに、いつもの倍ほど濃くいれたコーヒーを静かに注《そそ》ぐ。マドラーでかきまわして、ブラックのままマスターに手渡した。

「お、すまんな」くわえ煙草に片目を細めながらマスターは手を伸ばした。「お前も座って休めよ」

僕はカウンターの外へ出ると、スツールに腰かけた。

「あーあ。腰はだるいし、足は棒だし」

「陸上部のくせして何を言うか。二時間立ってただけだろうが」

「じっと立ってるだけってのが、結構こたえるんだよ。走れって言われたら、何時間でも自信あるんだけどな」

「足もとにルームランナーでも置いとけ」

夏休みの間、この店でバイトさせてくれるように頼んだのは僕のほうだった。頼んだ時は、まさか本当にOKしてもらえるとは思っていなかった。コーヒーだけは自分でいれないと気がすまない、という理由で、マスターが今まで決してバイトを雇わなかったことを知っていたからだ。

僕が初めて、この店の最高においしいコーヒーのいれ方とオリジナルブレンドの豆の割合を伝授してもらえたのは、去年の夏、マスターが僕を妹の恋人《かれん》候補として認めてくれた時のことだった。僕のいれるコーヒーを、それとなくほめてくれたことさえあった。

でも、雇ってくれたからといって、何から何までまかせてもらえるわけじゃなかった。たまたま立ち寄った若いカップルや、学生のグループに出すようなコーヒーは僕にいれさせてくれても、『風見鶏』のコーヒーを飲みたくてわざわざやって来る常連の客に対しては、やっぱりマスターが自分の手でじっくりいれる。それはもちろん、客への礼儀や感謝の意味もあったけれど、僕のいれるコーヒーがまだマスターのそれに追いついていないことを表していた。

ぜんぜん悔しくないと言えば嘘《うそ》になる。でも不思議と、ひがむような気持ちは起こらなかった。コーヒーの味の深さだけじゃなく、人間として、男としての深さも、僕はまだとうていマスターにかなわない。勝負にもなりゃしない。それは誰に言われなくても、自分が一番よくわかっている。でも、かなわないって現状をこうして素直に認められるかぎり……そして、いつかはマスターを超えてやるという野心を捨てないでいるかぎり、僕にも見込みはあるんじゃないかと思うのだ。

「勝利」

「え？」

顔を上げると、マスターは流しに煙草の灰をぱらぱら落としながら言った。

「ゆうべお前が帰ったあとな。中沢が来た」

「……へえ」

マスターはクッと笑った。

「ポーカーフェイスが板についてきたな」

「そうでもないよ」僕はちょっとふてくされて言った。「返事が二秒遅れた」

大学の野球部時代中沢さんは、OBだったマスターにずいぶんしごかれたらしい。今年からはかれんと同じ光が丘西高で英語を教えているし、彼が主になってやっている草野球のチームには丈が助っ人《すけっと》参加しているしで、『風見鶏』にもちょくちょくやって来る。背が高くてハンサムで、男の目から見ても気さくないい人だった。ただし、かれんに惚れてるってことを別にすれば、だ。

びっしり水滴のついたグラスの表面に指で線を描《か》きながら、僕はわざと興味なさそうに訊《き》いた。

「それで、中沢さんがどうしたって？」

「ああ」と、マスターは言った。「お前のことを訊いていったよ」

「俺の?」びっくりして目をあげた。「俺の何をさ」

「正確に言えば、お前とかれんの関係について、だな」

僕は、マスターの顔をまじまじ見た。

なんだか変だ。いつものマスターなら、こんなことをいちいち僕に話したりしない。この人が他人の噂話《うわさばなし》をしてるのなんか聞いたこともないし、だいたい、厄介なことは何もかも全部黙ってのみ込んで、死ぬまで自分の腹の底にしまっておくような人なのだ。

「もしかして」と、僕は言ってみた。「マスター、中沢さんに頼まれたとか? 僕に何か言ってくれって」

「ふふん。鋭いな」マスターは、唇の端だけを少しゆがめるようにして笑った。「さすがは俺とかれんの間柄に気づいただけのことはある」

「どうせなら、『さすがはかれんが惚れただけのことはある』くらいのこと言ってよ」

「ほう?」マスターは煙草をつまんで口からはなすと、僕の目の奥をのぞきこむようにした。「そうなのか?」

「そうなのかって、そりゃあ……」

そりゃあないぜ、と僕は思った。かれんが本当に僕のことを好きなのかどうか、本当に男としての僕に惚れているのかどうか、それを一番知りたいのは、他ならぬこの僕自身なのだ。わざわざ不安にさせるようなことを訊かないでほしい。

「じつは、中沢が知りたがったのも、まさにそのことさ」とマスターは言った。

「あいつは、かれんが俺の妹だとは知らないし、もちろんお前とかれんのことも本当に血のつながったいとこ同士だと思って疑いもしていない。年上のきれいな女と同じ家で暮らすうちに、お前のほうが勝手にのぼせてしまっただけなんじゃないか。あのとおりおっとりしてるかれんが、お前の押しの強さに流されているだけじゃないか。当のお前の想《おも》いにしても、恋というよりは、若い時にありがちな憧《あこが》れにすぎないんじゃないか……。中沢のやつはそれを訊きたくてここへ来たのさ。お前か、あるいはかれんが俺に何か相談してると思ったらしい」

腹の中が、地獄の釜《かま》みたいにぐらぐら煮えくり返っていた。かれんが僕の押しの強さに流されているって？　何言ってるんだ。押しが強いのは中沢、あんたじゃないか！

逆巻く感情をなんとか鎮《しず》めようとしながら、僕は言った。

「で……マスターはなんて答えたわけ？」

「知らん、と言ったさ」と、マスターは答えた。「実際、お前たちからは何も聞かされちゃいないんだからな」

「それってつまり……聞きたいってこと？」

「いいや」

「実の妹のことなのに？」

「妹のことだからさ。それに、いざ知ってしまうと、ああして訊かれた時にしらばっくれるのが難しくなる。嘘をつくのは、あまり得意じゃないんだ」

今度は僕が苦笑する番だった。ほとんど溶けて消えかかっている氷をマドラーの先でつつきながら、僕は言った。

「嘘はヘタかもしれないけどさ。マスターこそ、ポーカーフェイスはお手のものじゃないか」

「ふん」斜め上に向かって煙を吐き出しながら、マスターは肩をすくめた。「言うじゃないか、お前もなかなか」

ふと、そのマスターの視線が、僕の頭の上を越えて後ろの窓へ向けられた。

ふり向くと、通りに面した窓の外で、白い半袖《はんそで》ブラウス姿の星野りつ子が手をふっていた。タタッと小走りにドアにかけ寄って、彼女は少し開けた隙間に首だけつっこんだ。

「こんにちは。うわ涼しくて気持ちいい！」

この店と星野りつ子がいるあのビデオ屋とは、百メートルと離れていない。僕がここでバイトしていると知ってからは、彼女はよくランチを食べに来るようになった。ランチに現れない時は、夕方帰りがけに現れてコーヒーを飲んでいく。

どういう心境の変化か知らないが、部活の時にはあんなに冷たくしてくれたくせに、一対一で会うとまるで何ごともなかったかのようだった。女ってイキモノは、これだからわけがわからない。

「外はめっちゃくちゃ暑いわよォ」と星野は言った。「ちょっと歩いただけで、もう日干しになりそう。あ、いいなアイスコーヒー」

「飲んでいくか？」と僕は言った。

「ううん今はだめ、用事頼まれてるから。バイト終わったら寄るわ。サンキュ。それじゃ後でね、どうもお邪魔しましたぁ！」

首が引っ込んで、ゆっくり閉まったドアのカウベルがカラン……と澄んだ音をたてた。

「いつもながら、にぎやかだな」と、マスターが言った。「あのテンポの速さ、少しかれんのやつにも分けてやってほしいもんだ」

「いいんだよ」と僕は言った。「かれんは、あのままで。あののーんびりしたところが、かれんのいいとこなんだからさ」

するとマスターは、短くなった煙草を歯の間にはさんだまま、僕を眺めてくっくっくっと笑った。

「勝利、お前……」

「なに」

「よっぽどあいつに惚れとるな?」

僕は赤くなった。そんなことないよと打ち消すわけにもいかない。目の前にいるのは、かれんの兄上様であらせられるのだ。

「さっきの続きだけどさ」と無理やり話を戻す。「中沢さん、俺に何を伝えてくれってわけ?」

「いや、べつに」マスターも真顔《まがお》に戻った。

「ただ、自分がここに来たことを伝えてほしいと言っただけさ。ここに来て、自分がどんなことを訊いていったかを、勝利くんにはっきり伝えておいて下さい、だと。まったく、先輩を伝令に使うとはいい根性してやがる。……なあ」

「うん?」

「お前、これがどういう意味かわかってるだろうな」

「…………」

僕は、カウンターの上にのせたこぶしを何度か握ったり開いたりした。息をゆっくりと吐き出す。

「馬鹿でもわかるよ」と、僕は言った。「宣戦布告、だろ」

「わかってるならいい」と、マスターは言った。「一応確かめただけだ。妙に鋭いかと思えばお前は、かんじんなところで鈍いから」

「何それ」

「たとえばさっきの子さ」

「星野? あいつがどうかした?」

「お前、ほんとに何も感じとらんのか」

「何もって、だから何を?」

マスターは、やれやれというように首をふってため息をついた。空になったグラスを持って立ち上がり、流しの底にジュッと吸い殻を押しつける。

「とにかく、俺は何も口を出さん」と、マスターは言った。「中沢にも、お前にも味方につく気はない。勝手にやってくれ。だがな勝利。よーく覚えておけよ。俺の妹を悲しませるようなことがあったら、その時だけはただじゃ済まさんからな」

4

赤いレンガの塀が、長々と続いている。都心にしては、このあたりは緑が多いのだが、

「もうちょっと気のきいた場所でもよかったんじゃないか?」

僕の言葉に、かれんは首をかしげてにこにこ笑うばかりだ。

「いいじゃない」と、彼女は柔らかなアルトで言った。「ここ、前から一度来てみたかったんだもの」

久しぶりに二人きりで歩くことができたのはいいが、どうも想像していたのとは違っている。家では落ち着いて話をすることもできないので、僕はゆうべ勇気をふりしぼって、どこかへ出かけないかとかれんを誘ったのだった。記念すべき初デートのつもりだった。

風邪もほとんどよくなり、おとといあたりから出歩けるようになっていたかれんは、切り出すまでにずいぶん悩んだこっちが拍子抜けするくらい簡単にOKしてくれた。そうして、行きたいところは？　と尋ねたとたん、迷わずこう答えたのだ。

「ショーリの学校が見たいなー」

せめて映画とか、お弁当持って公園に行こうとか、そんなふうに言ってくれれば僕だってもう少しはニヤニヤできたかもしれない。でも、どうやらこうして眺めている限り、かれんは、今日のこれが「デート」だなんてこれっぽかりも考えてないみたいだった。ほんとにもう、こいつのニブさときたら国宝級だ。

珍しく、夏とは思えないほど涼しい日だった。

かれんは、七分丈《しちぶたけ》の藍染《あいぞ》めのスパッツに、ももまでの白い綿シャツを着ている。ゆるくウェーヴのかかった髪はおろし、青いバンダナをヘアバンド風に巻いて、肩からは小さいリュックをかけている。

いつものロングスカートに比べるとボーイッシュだが、小さいくるぶしや、キュッとしまった足首や、すんなりとしたふくらはぎからももにかけての線がはっきり見えて、それだけで僕は目のやり場に困るくらいだった。

夏休み中でも、大学構内には自由に出入りできる。今日は教務課や就職課が開いている日だから、学生の姿もちらほら見える。購買部も開いていて、かれんはオリジナルのしゃれた文房具を見つけて大喜びだった。

「お、おい」かれんがレジに持っていこうとしているノートの量を見て、僕はあっけにとられた。「まさか、それ全部買うつもりか？」

八色あるパステルカラーのノートを律儀に一冊ずつ。表紙はしっかりした厚紙で、一冊が一センチと分厚《ぶあつ》いだけに、けっこうな重さのはずだった。

「いっぺんにそんなに買わなくたって、俺がまたいつでも買って帰ってやるよ」

「だってー」とかれんは言った。「もうたったこれだけしか残ってないのよ？　それに、一色でも欠けたらせっかくのグラデーションがこわれちゃうんだもの。ほら見て、こうして本棚に並べると、夜明けの空みたいでしょう。うん、きれいきれい」

「きれいきれいって、お前なあ」僕はかれんをひじでこづいた。「俺に持ってもらおうとか考えてないか？」

「えっへへー」と、かれんは目を細めてえくぼをへこませた。「わかる？」

こいつのこの顔を見ると、僕はいつだって抵抗する気がうせてしまう。どんなわがままも全部かなえてやりたくなってしまうのだ。

「ったく、しょうがねえなあ」僕は仏頂面《ぶっちょうづら》を装って言った。「ほら、貸してみな」

嬉《うれ》しそうに笑うかれんの手からノートの山を受け取り、僕は結局、ご親切にもレジまで運んでやったのだった。

よっぽど惚れとるな、というマスターの声が脳裏《のうり》をよぎる。

まったくそのとおりだった。和泉勝利は、花村かれんにべた惚れだった。

勝利が甘やかすから、姉貴は料理のひとつも覚えやしないんだ、と丈なんかは言うけれど、できることなら僕は彼女を一生こうやって甘やかし続けてやりたかった。それができるのは、きっと僕だけだとも思っていた。

ただ問題は、かれんもそう思ってくれているかどうか……そして、もし今そう思っているとしても、それがいつまで続いてくれるかだった。

不安の種は、なかなか尽きてはくれない。

かれんはものすごく行きたがったのだが、さすがに夏休み中とあって、学食までは開いていなかった。開いてなくて良かった。初デートの昼飯が学食のショウガ焼き定食だなんて、いくらなんでも色気がなさすぎる。

「何が食いたい？」塀の外を駅に向かって歩きながら、僕は言った。「なんでもいいぜ。今日は俺がおごってやる」

「わあい。じゃあねー……。フ、」

「ランス料理のフルコースとかいうのはナシな」

かれんがぷうっとほっぺたをふくらませるのを見て、僕はげらげら笑ってやった。

「お前の頭の中なんてお見通しなんだよ」

「ち、違うものー」かれんは僕をぶつまねをした。「フランス料理なんて言おうとしたんじゃないものー」

「じゃ何だよ。フって言いかけたろ？」

「ええっと」かれんは額にしわを寄せていたかと思うと、とうとう苦しまぎれに言った。

「思い出したわ」

「言ってみな」

「ふたつチャーシューがのってるラーメン」

「何それ」と僕は言った。「意地っぱり」

そんなわけで、僕らはラーメン屋をさがして歩くはめになった。かれんがその意地を張り通したからだ。

キャンパスから駅までは、信じられないくらい長く歩かなければならない。さっきから雲まで出始めて、あたりはまるで突然の秋みたいな涼しさだった。

「こういう日はまあ、ラーメンでもいいかな」

「でしょう?」

かれんが腰に手をあててえらそうに胸を張ったとき、ちょうど右手の角に小さな中華料理屋があるのが見つかった。赤い看板には『来々軒』とある。

ライ・ライ・ケン?

いやあな予感がした。ありふれた名前ではあるが、いや、しかしもしかすると……。

「ここにしよ」と、かれん。

「こんな小さいとこで大丈夫かな」と僕は言ってみた。「駅前まで行けば、もうちょっとよさそうな店があるんじゃないか?」

「あら。中華はねー、案外こういう小さいところのほうが美味《おい》しかったりするのよ」

確かにそれは正しい。正しいが……。

「さ入ろ。おなかすいちゃった」

時代錯誤のガラス戸をがらがらと引き開けて、かれんはさっさと店の中へ入ってしまった。しかたなく後に続く。どうか、このいやな予感が当たりませんように。

「ヘイラッシャイ！」

……いきなり当たってしまった。

僕の顔を見るなり、カウンターの中でネアンデルタール原田がだみ声をあげた。

「いいいーずみィ！　てめえ、現れやがったなぁ？」

いっぺん来てくれとうるさく言ってたのは自分のくせに、歓迎の言葉にしてはあんまりだと思う。かれんが、びっくりした顔で僕をふり返った。

「をを？　誰だそのすごい美人はぁ！」

ほかの客がみんなこっちを見るような大声で、原田先輩は言った。

「いーずみィ、お前って野郎はリッちゃんってものがありながら……」

「違うって言ってるでしょうが！」と、つられて僕まで叫んでしまった。「星野と俺はなんでもありませんって！　もう、なんべん言ったらわかってくれるんですか！」

よりによってかれんの前で、なんてことを……やっぱり、引きずってでもほかの店に連れて行くんだった。

けれどかれんは、くすくす笑いながらカウンター席に座ってしまった。奥で黙々と鶏《とり》か何かを揚げているおじいさんにちょっと頭を下げてから、原田先輩を見上げる。

「花村かれんです。よろしく」

中華鍋《なべ》を軽々とふりまわしていた先輩の手が、止まった。

「いとこ同士なんです、私たち」とかれん。

僕はため息をつき、観念してかれんの隣の赤い丸椅子にすわった。

「ほんとか和泉」と、先輩。

「はあ、まあ」と僕。

「そう、すか……」原田先輩はぼんやりかれんに見とれながら、でくの坊のようにつっ立っていた。「いとこ、すか」

「政志《まさし》！」奥からおじいさんの声が飛んだ。

「ハイッ！」先輩が飛び上がる。

「こっげるよ」

そのふたことのアクセントを聞けば、ご主人がたぶん中国の人だろうと想像はついた。

なんでも、原田先輩はもう二年間もこの店でバイトを続けているそうだ。

「一年の夏に、クラスの奴《やつ》の紹介でなんの気なしに始めたんだがよ、気がついたら三年になってたんだよなぁ」と、先輩は台形のごつい顔をゆるませて笑った。「だから俺、中華だけは自信あるんだ。本場仕込みってやつよ。な、意外だろ？　まあ、だまされたと思って食ってみな」

かれんも僕も、シンプルにラーメンを頼んだ。

もうもうと湯気のたつ丼《どんぶり》が目の前に置かれると、かれんはヘアバンドにしていたバンダナで、髪を後ろでまとめてしばった。割りばしをパシッと割り、軽く手を合わせる。

「いただきます」

奥のご主人が、黙ってひとつうなずいた。

先輩が胸を張ってみせるだけのことはあった。食べてみるとじっさい感動モノだった。麺《めん》はシコシコとなめらかで、スープはコクがあるのにさっぱりと澄んでいる。チャーシューは噛《か》めば噛むほど旨味《うまみ》が出てくる。

「良かったな、ふたつのってて」と言ってやると、かれんは僕にあかんべをした。

「こういう味は、家じゃまず絶対にまねできねんだよ」と原田先輩は言った。「無理してまねなんかする必要もねえ。そのためにこそプロがいて、店があるんだ」

ほとんどものも言わずに食べ終えたかれんが、スープの最後の一滴まできっちり飲みほすのを見て、店のご主人はすごく嬉しそうな顔をした。

「なあ、和泉」と、先輩が言った。

「はい？」

「俺、じつはこのひとを、ぜひ紹介してやりたいやつがいるんだけど」

「やつってことは……男ですか」

「ああ。俺の兄貴なんだけどよ」

冗談も休み休み言え。ネアンデルタール原田の兄貴だったら、まず間違いなく、ピテカントロプス原田に決まっている。そんな奴にかれんを紹介するだなんて、人喰《ひとく》い鬼に人身《ひとみ》御供《ごくう》を差し出すようなものだ。

「ダメ・です」と僕は言った。

「いやにきっぱり言うな、お前」と先輩は僕をにらんだ。「安心しろよ、俺と兄貴とは似ても似つかん。兄貴は織田裕二《おだゆうじ》ばりのいい男だぞ」

どっちにしろサル顔なんじゃないか。

「ダメです」と、僕はくり返した。「こいつにはもう、決まった男がいるんです」

「えっ。マジで？」

先輩が見おろすと、かれんはみるみる赤くなって僕をちらりと見るなり、うつむいてしまった。そのまま黙っている。

(な。そうだよな、かれん)

努めて平静なふりをしながらも、僕の脈拍はどんどん速くなっていった。

(そうだって言ってくれよ、かれん)

横目で見ると、かれんの耳たぶは紅ショウガよりも真っ赤だ。

「それ、ほんとっすか、かれんさん」原田先輩が言った。「ほんとにもう、決まった奴がいるんですか」

かれんは……

かれんは、からの丼に向かって、こっくりとうなずいた。

それまで気づかずに止めていた息が、思わずふーっと吐き出される。胸の中で突然、小さくて凶暴なけものが暴れ狂いはじめた。できることなら、今、この場でかれんを引き寄せて、めちゃめちゃに抱きしめたかった。

「なんだ和泉、お前まで赤くなることねえだろう」と先輩が言った。「ツキしょう。ま、しょうがねえよなあ。これだけいい女が、まだフリーだなんてはずがねえもんなあ」

先輩は肩をすくめ、奥に向かって言った。

「おやっさん。こいつらに杏仁豆腐《あんにんどうふ》出してやっていいっすか？」

ご主人が、また黙ってうなずいた。


店を出た時にはまだ降り始めていなかったのだが、三分ほど歩いたところでいきなり大粒の雨が落ちてきた。五百円玉くらいの黒いしみが、アスファルトをどんどん塗りつぶしていく。

「冷たーいっ」

「走るぞ！」

それが、店を出て以来、僕らが初めて交わした言葉だった。さっきから二人ともなんだか照れくさくて、ひたすら黙りこくって歩いていたのだ。

どしゃ降りの中を五十メートルばかり走ると、レンガ造りのマンションがあった。半地下に入っている美容室は休みのようだ。店の入り口まで下りる階段の途中に小さい踊り場があって、コンクリートの床は白く乾いている。

「かれん、ここ！」

僕は先に飛び込んで、あとから続いてかけおりて来たかれんを抱きとめた。ノートの詰まったデイパックがドサリと落ちる。

「いきなり、すごい降りだな」

穴ボコみたいなこの場所から見あげると、電線が横に走った四角い空しか見えない。湿った空気と雨の匂《にお》いがたちこめて、

「スコールみたい」

と、かれんは言った。

「お前、風邪がぶり返すんじゃないか？」

「ショーリこそ、びしょ濡れじゃないの」

かれんはリュックの中からタオル地のハンカチを取り出して、僕の頭に手をのばした。

「ばか、自分がふけよ」

ふと見ると、かれんの白い綿シャツは濡れて透きとおっていた。ブラの胸もとを縁どる繊細なレースとか、丸みをおびた肩先の肌の色なんかが、くっきり透けて見える。

僕は無理やり目をそらし、着ていたTシャツを頭から脱いだ。

「ど、どうしたの？」

黙ってかれんの頭にかぶせ、

「ショーリ！」

ぐしゃぐしゃと髪をふいてやる。

濡れている首すじや、のどや腕なんかをわざと乱暴にぬぐってやり、それから自分の頭と体をふいて、Tシャツを絞った。二人の靴あとで濃い灰色に濡れたコンクリートに、ポトポトッとしずくがたれた。

「脱いだりして、さ……寒くないの？」

「お前、ふるえてるじゃないか」と僕は言った。「寒いんだろ」

「ううん」かれんは首をふった。「大丈夫」

雨は、なかなかやまなかった。時おり吹き込んでくるクーラーみたいな風が、僕らの体から熱を奪う。

しばらく迷った末に、僕はそろそろと手を伸ばし、かれんの冷たい手をそっと握った。

一瞬びくっとなったかれんが、黙ったまま、ふるえる体を寄せてくる。僕みたいに濡れた服を脱いでしまえないぶんだけ、彼女の体はかえって冷えきっていた。

かれんを奥の壁側に立たせ、入り口のほうに裸の背中を向けて風からかばうようにしながら、僕はそのほっそりとした体を抱きかかえた。かれんの髪からも、肩からも、雨の匂いがしていた。

キスをしたかった。気が変になるくらいしたかった。

息も詰まるようなキスをして、濡れた白いシャツのボタンを上から一つずつはずし、さっき透けて見えたブラのレースをもっとはっきりこの目で確かめ、そして、その下に隠されている柔らかなものに触れてみたかった。

でも……どうしてだろう。僕らは、こんなに近く目と目を見かわしながらも、たった一度唇を触れ合わせることさえしなかった。できなかったんじゃない。しなかったのだ。死ぬほどそうしたいと思いながら、そしてしようと思えばすぐにでもできる状態にありながら、あえてそれを我慢することがこんなにキリキリと甘やかで気持ちいいなんて、初めて知った。もしかして僕にはマゾの気《け》でもあるのだろうか？

でもたぶん、かれんも同じ気持ちでいたと思うし、僕らはお互いにそのことをわかっていた。

「かれん」

名前を呼ぶと、彼女は、今までに見せたこともないくらいせつなそうな顔をした。それから、長いまつげを伏せて、僕の胸にそっと額をおしあてた。初めひんやりとして、それからあたたかな体温が伝わってきた。

「誰にもやんないからな」と、僕は言った。「絶対、俺だけのだからな」

かれんは、目を閉じたまま、コクンとうなずいた。

こんどは丼に向かってじゃなく……ちゃんと、この僕に向かって。

5

暑い。むちゃくちゃ暑い。

このクソ暑い真夏の昼下がりに、僕は、自分の部屋のベッドの上でふとんにくるまっておとなしくさせられている。まったく、なんたる不覚。あれしきのことでこの鍛え抜いた体が参ってしまうとは、思いもよらなかった。

かれんと出かけて雨に降られたのが、もう三日前になる。雨が上がった後も、びしょ濡れのTシャツであちこち歩きまわったのがいけなかったのだろうか。それとも、かれんのが伝染《うつ》ったのだろうか。翌日『風見鶏』でバイトしながら、どうも背中がゾクゾクするなと思っていたら、その晩からたまげるような熱が出た。体温計がぶっこわれたのかと疑ったほどだ。

クーラーや扇風機は体によくないと佐恵子おばさんが言うので、もっぱら窓からの風だけで我慢していたのだが、ついさっき時計の針が午後一時をまわったとたんに、その風さえやんでしまった。カーテンも揺れない。庭の草の葉もぴくりとも動かない。忍耐は限界にきていた。いくら汗をかいたほうが熱が下がるとはいえ、このままでは風邪が治るより先に暑さでアタマをやられてしまう。

僕は、とうとう夏掛けをけり飛ばした。二度、三度とけって床に落とした。パジャマの上着のボタンをむしりとるようにして前を開け、両手で襟《えり》をつかんでバサバサやると、汗が冷えて少しは息がつけるようになった。

と、コンコン、とドアがノックされた。

慌《あわ》てて起き上がり、たった今けり落とした夏掛けをひっつかんでまた仰向《あおむ》けになる。ドアがカチャ、と開かれた時、僕はとっさに眠っているふりをした。へたに目など開けていようものなら、この面倒見のよすぎる佐恵子おばさんに、またしても体温計をくわえさせられたりパジャマを着替えさせられたりするのは目に見えている。

そっと部屋に入ってきたおばさんは、何かカラコロと涼しい音のするものを枕もとまで運んできて、僕の右側のサイドテーブルにコトリと置いた。氷と氷がぶつかってカランと鳴る。かすかにレモンの匂いが漂ってくる。

またすぐ出ていくだろうと思ったのに、おばさんは僕が適当にひっかぶった夏掛けを直し始めた。四隅がそろりそろりと引っぱられ、腹の上や足の先まできちんとかけ直される。僕を起こすまいとして息をつめていたのか、最後にふとんの襟もとをまっすぐに直し終えてベッドのそばにかがみこんだところで、ふぅ……とため息が聞こえた。

思わず目を開けそうになった。

佐恵子おばさんじゃない。

かれんだ。

いま起きたふりで目を開けようとしたそのとき、額に何かひやんとしたものが触れた。

心臓がきゅっとなると同時に、それまでの暑さにいらだっていた胸の内が嘘のようにスーッとしずまっていく。まるで部屋の温度が一気に下がったみたいな感じだった。

額に触れているのは、かれんのてのひらだった。氷をさわっていたためだろう。彼女の指先は芯《しん》まで冷たくひえている。あまりの気持ちよさにうっとりしてしまう。なんだか目を開けてしまうのがもったいなくて、僕はとりあえずもう少しだけ寝たふりを続けることにきめた。もしもかれんがつきっきりで看病してくれるなら、たまにはこうして寝込むのも悪くない。

彼女の指が、まえに僕がしてやったみたいに、汗で額にはりついた前髪をそっとかきあげてくれる。グラスの中で、とけた氷がまたコロン、と音をたてる。手が離れていった。身動きする気配がして、衣擦《きぬず》れの音が聞こえた。立ち上がったようだ。

出て行ってしまうなら引き止めなければ、そう思ったとき、顔の前の空気がふわっと動いて、ふたたび額に何かが……羽根とか花びらのような軽い感触のものが、あたたかく、柔らかくおしあてられ――。

心臓を百万ボルトの電流が直撃して足の先まで走り抜けた。

夢を見ているのだろうか。さめてしまうのがこわくて目があけられない。

かれんの髪のひとふさがはらりと落ちかかって、僕の頬をくすぐる。シャンプーのいい匂いがした。額の上にのった二枚の花びらはかすかに震えているようで、時間にすればほんの二、三秒のはずなのに、僕には永遠のように感じられた。

かれんが体を起こしたのがわかった。一歩あとずさりした拍子にそばの椅子にぶつかったらしい。カタッというその音で、僕の金縛《かなしば》りはとけた。

目を開ける。見下ろしていたかれんと視線が合った。

「ご……ごめんね」ゆでダコみたいな顔で、彼女はささやいた。「起こしちゃった？」

僕は手を伸ばし、つっ立っている彼女の白いスカートのすそを握った。くいくいと引っぱってみる。かれんは素直にかがんで、ベッドのふちに腰をおろしてくれた。

「佐恵子おばさんは？」と、僕。

「タツエおばちゃんがみえてて」と、かれんは言った。「むこうで話しこんでるわ」

「タツエおばさん、か」

……親戚《しんせき》一の世話焼きばばあだ。

「丈は？」

「京子ちゃんと図書館」

「やるじゃん」

ふふふ、とかれんが笑った。

僕はもう一度右手を伸ばして、こんどは彼女の頬にさわった。こんなことひとつするのでも一か月前ならものすごい勇気がいったはずなのに、今ではもう、二人だけになるとこうしなければ気がすまなくなっている。また一か月もたてば、今度はそれをあたりまえに思うようにさえなっているのかもしれない。

僕はひじをついて体を半分だけ起こし、かれんの首の後ろに手をかけた。

「な……夏に風邪ひくなんて」と、どぎまぎしながらかれんが言った。「お馬鹿さんだけだって言ってなかった？」

「うるさいな」と僕。「きっとお前に伝染《うつ》されたんだぜ」

「だからあの時、忠告してあげたのに」

「ふん」と僕は言った。「なあ」

「え？」

「また伝染してやろうか」

返事も待たずにぐいっと引き寄せると、かれんは小さくきゃっと言った。

ぶつけるように唇を重ねる。初めのうちカチンコチンだったかれんがようやく体の力を抜いたところで、僕はキスを続けたまま横たわって枕に頭を沈めた。

上になっているかれんの頬や耳を両手でしっかりかかえこむようにしながら、彼女の唇を味わいつくす。腰のあたりに、痺《しび》れるようなうずきが走る。

（……やべ……）

さりげなく足を引き寄せて、片方の膝を立てた。夏掛けをかけてる時で助かった。仕方がない、これが男の生理ってやつだ。

「ショーリってば……」くぐもった声でかれんが言った。

「ん？」

「熱、すごく高いんじゃない？」

「う……ん、そうかな」

「だめよ、こんなことしてちゃ」

「病人のわがままはきいてくれるもんだぜ」

かれんはぷっとふきだした。

「ずるいんだから」

「どうしてさ」

「さっきだって、狸寝入《たぬきねい》りしてたでしょ」

思わずキスを中断して、かれんの顔を見てしまった。

「なんでバレたの?」まるで丈のせりふだ。

「わかるわよぅ」と、かれんは言った。「息が、ぴたって止まったもの」

「いつだよ」

「そ……それは」

かれんは、唇をかんで黙った。どうやら自分で墓穴《ぼけつ》を掘ったようだ。

僕は、ニヤニヤ笑いながら言ってやった。

「おでこにキスしてくれたとき、か?」

ぶとうとしたかれんの手首をつかんでおさえこみ、僕はくっくっと笑いをこらえながらもう一度キスの続きを始めようとした。その拍子に……

なんと。見えてしまったのだった。かれんが着ている紺のタンクトップの襟もとから、その奥が。

細いのどから続くきゃしゃな鎖骨《さこつ》。目を射るほど白い胸もと。そして淡いブルーのレースで飾られたブラ。かれんがいま体ごとうつむいているせいだろう、前に酔っぱらって下着だけになった時よりも、さらにもう少しだけ奥まで見える。

ごくりとのどが鳴った。チキショー……と、ひそかに悪態をつく。こんなに暑い日だってのに、いったいなんだってブラなんかするんだ。いやそれより、最初にブラなんてものを発明したヤツ。あの世で呪《のろ》われろ！

ドキドキしながら、僕はかれんの体に両腕をまわした。背中にてのひらをあてる。彼女のなめらかな頰や形のいい耳たぶに、僕は何度となくキスをくり返した。そのたびに、かれんがひそやかに熱い吐息《といき》をもらす。

もしかすると何かほかにもしていいことがあるのかもしれないが、そんなバリエーションなんか思いつく余裕もない。彼女の肌の確かな温かさを感じながら、背中に這わせた手をヤケになって強く押しつける。てのひらの下で、タンクトップの薄い生地《きじ》がしわ寄ってひきつれた。

ずいぶんたってから、僕はやがて思いきって左手をすべらせ、てのひらを彼女の脇腹のほうまで移動させた。かれんの息づかいが、あの滑り台の時と同じように速く、浅くなった。ドクンドクンと脈打っているのが彼女の心臓なんだか、それとも僕のなんだか、もうさっぱり区別がつかない。

左手の親指の先をいっぱいに伸ばすと、ほんの少しだけ、彼女の柔らかなふくらみの片方に触れているのがわかった。ただし、うんと山裾《すそ》のほうだ。あと十センチ……いや、五センチだけ上へ移動させれば……。

またしても、ごくっとのどが鳴ってしまう。頭の中では真っ白な光がぐるぐる渦を巻いている。落ち着かなければ、と自分に言い聞かせる。ゆっくりだぞ……ゆっくり。へんに焦《あせ》ったりして、何もかも台なしにするわけにはいかなかった。もちろん、急ぎすぎてかれんを傷つけたくもない。でも、ここまできてまた逃げられてしまったらばかみたいだし、だからといって強引《ごういん》すぎてひっぱたかれるのはもっと願い下げだ。

薄目をあけてちらりと見ると、かれんは淡いピンクに染まったまぶたを閉じたまま、唇をほんの少しだけひらいていた。白い歯がわずかにのぞいて、つややかに光っている。色っぽかった。鳥肌がたつくらい色っぽかった。初めて彼女が大人の女に見えた。

僕は再び、息をととのえながら気持ちを集中させた。いまだにグズグズためらいつづけている左手に向かって、崖《がけ》から飛び降りるような思いで、ついに命令を下《くだ》した。

(………!)

その瞬間、かれんの背中がビクンッと跳《は》ね、僕まで驚いて飛び上がった。慌ててその背中に両腕をまわす。

「ご、ごめんっ」思わず口をついて出てしまった。「かれん、ごめんなっ！」

腕をふりほどかれたらどうしようと思うあまり、めちゃくちゃ力がこもる。

「痛っ」悲鳴に近いようなかすれ声。「ショーリ、痛いわ」

「………」

「ねえショーリ、力抜いて」

「………」

「お願い」半泣きの声で彼女は言った。「どこへも行かないから」

「絶対？」

かれんが三度、四度とうなずく。

僕は、少しずつ、少しずつ、腕の力をゆるめていった。かれんは逃げようとはしなかった。約束したとおり、僕の胸に頬をのせたままの姿勢でじっとしていてくれた。

そうしてしばらくしてから、聞き取れないほど小さな声で、すねたようにつぶやいた。

「もう……。ばか」

「ごめんな」と僕はくり返した。「だけど、俺」

「知らない」

あれほど決心してやったことをすぐ謝ってしまう自分が情けないけれど、ほかにどうしても言葉が思いつけなかった。それほどまでに、あの柔らかさは僕を圧倒したのだ。ほんの一瞬だったのに、左手にはマシュマロを握りしめたみたいな感触がまだはっきり残っている。てのひらがじんじんと灼《や》けつくようだ。かれんのマシュマロは、思っていたよりほんの少しだけ小さくて、そのかわり、すべてを跳ねかえすような弾力に満ちていた。

「……うん。ごめん」

…………さわってしまった。

天井がメリーゴーランドみたいに回っているような気がした。

さわっちまったんだ。とうとう。

と、いきなり、コンコン・カチャッとドアが開けられて、隙間から佐恵子おばさんの顔がのぞいた。

「……かれん！　何やってるのあなた」

あまりにもショッキングな光景に半狂乱で髪をかきむしりながら、おばさんは「さっさと離れなさい！」と絶叫した。……というのはその瞬間に僕の頭に浮かんだ妄想《もうそう》で、その後に続いたおばさんの言葉はこうだった。

「だめでしょ、病人を邪魔しちゃ」

ほ、本当に気がつかなかったのだろうか？　ばっくんばっくん、人にまで聞こえそうな音をたてる心臓を必死でなだめながら、僕はおばさんの顔色をさぐった。僕らがふっ飛んで離れた瞬間を、本当に見られずにすんだのだろうか？

「どうかしたの、かれん？」と、けげんそうにおばさんが言った。

かれんはベッドの端に直角に座ったまま硬直している。僕は急いで代わりに答えた。

「熱……」声が裏返って、咳払いする。「熱を、く、くらべっこしてたんだ。おで、おでこで。もう下がったみたいだからさ。なッかれん」

背中に棒が入ったようなかっこうで固まったまま、彼女ははりぼての赤べコみたいに、首だけカクンカクンうなずいた。

「う、うん、そ、そうなの。く、くらべてたの、ねっ」

「勝利？」おばさんは眉《まゆ》をひそめた。「何ばかなこと言ってんの？　そんな金時《きんとき》の火事見舞いみたいな赤い顔して、それで熱が下がってるはずがないでしょう。おまけにかれんまで……なにその顔、まさかあんたまで熱がぶり返したんじゃないでしょうね」

かれんはぷるぷると首を横にふった。

「ならいいけど」とおばさんは言った。「それじゃ、ちょっと来てちょうだい。さっきからさがしてたのよ」

「ど……どうして？」

「ううん。タツエさんがね、あんたにちょっとって」

かれんは、まだ硬さの残る動作で立ち上がった。

「勝利」と、おばさんは僕に向かって人さし指をふりたてた。「いい？　ちゃんと寝てなさいよ。でないと治らないわよ」

ドアから出る時、かれんは一度だけそっと僕をふりかえった。その瞳を見れば、気持ちを残しているのが僕だけではないことが痛いほど伝わってくる。僕は、少し笑ってうなずいてやった。

ぱたん、とドアが閉まった。

ほーっと息をついて、体の力を抜く。まだ動悸《どうき》がおさまらない。さっきはほんとに、心臓が口から飛び出すかと思った。

同じ家に暮らしていながら、落ちついてキスもできないなんて……。だからといってドアに鍵《かぎ》なんてかけようものなら、それだけで僕らの関係がバレてしまう。どう考えたって、まだその時じゃない。今バレたら、猛烈に反対されて引き離されるに決まっているのだ。そして、今の僕には、それに対抗する術《すべ》はない。

一日でいいから、と僕は思った。それがだめならせめて一時間でもいいから、何も心配することなしに、かれんと二人きりになってみたい。ドアの外の物音に耳をすませながらキスをするとか、誰かが通りかかることを気にかけながら抱き合うとか……そんなあわただしい逢瀬《おうせ》ではなしに、ただ腕の中のかれんのことだけに思いきり没頭して、お互いの想いを納得いくまで確かめあえたらどんなにいいだろう。

狂おしいほど強くそう願った。

いつかはこの願いがかなう時がくるのだろうか。いや、それより何より、佐恵子おばさんはいったいいつイギリスへ帰るつもりなのだろう？　ったく、これ以上邪魔だてばかりしてくれると、ほんとに柱に縛りつけっちまうぞ。

むっくりとベッドの上に起きあがる。それだけでくらっときた。キスしてる時にかれんに言われたとおり、どうやらかなり熱が高いらしい。考えようによれば「熱をくらべっこしてた」というのだって、まるきりウソではなかったわけだ。ただし、おでこでじゃなかったけど。

めまいがするのもかまわずに、足を床に下ろして立ち上がる。さっきの佐恵子おばさんの言葉のにごし方が妙にひっかかっていた。

「タツエさんが、あんたにちょっと」？

ちょっと、何だって言うんだ。

けれどその答えは、僕にはほとんど見当がついていた。あの仲人《なこうど》大好きバアサンのことだ。佐恵子おばさんに頼まれるか何かして、大喜びでかれんに見合いの話を持ってきたに決まっている。

ふらふらしながら、宇宙遊泳みたいにしてドアまでたどり着いた。泥棒のようにそっとノブをまわし、廊下に首をつき出す。

奥から話し声が聞こえてくる。たぶん応接間だろう。

万一立ち聞きが見つかったってかまうもんか、と思ってみる。何か訊かれたら、トイレに行く途中だったとか何とか言えばいい。

とにかく、僕の知らないところでかれんに何かが起こるなんて、絶対に我慢ならなかった。あのお節介《せっかい》ばばあがたくらんでいるのが、どういう段取りなのか確かめるまでは、どうせおちおち寝てなんかいられやしないのだ。
ドアをすりぬけて廊下に出る。
壁ぎわにぴったり体を寄せるようにしながら、
(くそ……それにしても暑いな)
僕は、話し声のほうへ向かって、忍び足の一歩を踏みだした。

最初のあとがき

たいへん長らくお待たせいたしました。

「おいしいコーヒーのいれ方」シリーズ第二弾、『僕らの夏』をお送りします。シリーズIの『キスまでの距離』が出たのが九四年の九月ですから、ほとんど二年ぶりの二巻目であります。

読んでおわかりのとおり（これから読む方は読めばわかるとおり）、ショーリとかれんの恋は、少しずつではありますが階段を上がっていってます。Iのラストでは、「まだキスだけだよ！」などと情けないことを叫んでいたショーリでしたが、今回はかなり進歩しました。なんたって、かれんの○○を××っちゃったんだからね（笑）。

思えば、『キスまでの距離』のあとがきを書いたのは、テレビの仕事で信州白馬岳《しろうまだけ》の頂上宿舎にいる時でした。標高二九三二メートル。

でも、今回はそれをはるかに上回ります。なんたって、今、札幌から東京へ向かう飛行機の中だもの。年に一度の「高校生のための講演会」からの帰りです（みんなと会うのってすごく楽しい。来年はどこの高校へ行けるかな）。

で、東京へ帰って、こまごまとした原稿をあと百枚ほど書いたら、来週からは次なる小説の取材でアメリカへ行ってきます。

ロサンゼルスから入ってニューヨークへ。レンタカーを借りて、グランドキャニオンのあたりではキャンプしたりして、一か月かけてアメリカを横断するのだ。ガラガラヘビに襲われたりしないように、祈っててやって下さい。

たしか前回のあとがきでも、年中あっちこっち飛び回ってると書いた覚えがあるのだけれど、このとおり、あいも変わらず忙しい毎日を過ごしています。

でも、シリーズ一巻目を出した頃と大きく変わったことが一つあります。それは、講演会やサイン会でお会いする皆さんから、しょっちゅうこう訊《き》かれるようになったこと。

「『おいしいコーヒーのいれ方』のIIはいつ出るんですか？」

そのたびに、私はとっても、とっっっても嬉《うれ》しかった。そんなふうに続きを楽しみにしてくれるということは、たぶん、面白いと思ってくれてるということだろうし、ショーリやかれんがそれだけ皆さんに愛してもらえてるってことだと思えたからです。

私を書かせてくれるのは、いつも、皆さんの励ましや期待や催促の言葉です。そういう言葉をたくさんもらえる私は、幸せだなあと思います。ありがとう。

どんなに相手を好きだとしても、お互いに影響を与えあわないような恋は、ほんとの恋愛とは言えません。考え方や価値観がぶつかりあった結果、自分が変わり、相手も変わっていく……みんなにも、そんな恋をしてほしいな、と思います。それこそが、私がこのシリーズを書き続けている理由です。

というわけで、この話は、どうやらまだ続くようであります。三巻目が出るのを、気長に楽しみにしてて下さい。私は、皆さんのお便りを楽しみにしています。

それでは、また。

どこかで、会えるといいね。

一九九六年七月

雲の上より愛をこめて

村山由佳

文庫版あとがき

何はさておき、まず最初に読者の皆さんにお礼を言わなくてはなりません。この『僕らの夏』の前作にあたる『キスまでの距離』が昨年の夏に文庫化されて以来、ほんとうにたくさんの皆さんからお便りを頂きました。

とくにこの「おいしいコーヒーのいれ方」シリーズは、私のほかの作品と比べても圧倒的に若い人たちからの支持が多くて、そのこと自体が私は何より嬉《うれ》しかった。理由についてはどうぞ、『キスまでの距離』の文庫版あとがきを読んでやってください。

文庫編集部における私の担当さんが、笑いながらいわく。

「私のとこに来る仕事関係の郵便物より、村山さん宛《あ》ての手紙のほうが多いんだもの。すっごいよねーえ」

すっごいよなーあ、と私も思います。もちろんこれも、皆さんへの感謝の意味でです。

昔から本を読むことが大好きだった私ですが、どんなに感動した時でも作者に手紙を出したことは一度もありませんでした。たった一度だけ、書こうかな、と思ったことならあります。『ウォーターシップ・ダウンのうさぎたち』という本の作者、リチャード・アダムズという人に。でも結局、一行も書かないまま、いつのまにか二十年もの時がたってしまいました。どうせ本人には読んでもらえっこないと書く前からあきらめていた部分もあるし、何より、自分の生活のいろいろにまぎれてうやむやになってばかりだったのです。だからこそ、今こうして実際に私の手元にまで届けられたお便りが、こんなにも大切に思えるのかもしれません。

一通残らず、ていねいに読ませて頂いています。ひとつとして同じ内容のものはないし、それぞれが、その人にしかできない形で私に力を与えてくれるから。

小説を書くというのは、確かに孤独な作業です。書いている間はもとより、書きあげて世に出した後もそれは同じ。どれほど思いをこめて書いた作品でも、すべての人に気にいってもらえるわけはないし、とくに匿名性の強いネット上などでは、作品ばかりか書き手の人間性まで否定するようなことを言われたりもします。言ったら言いっぱなしの揶揄《やゆ》はともかくとして、作品への批判は正面から受けとめ吸収した上で、なおかつ我が道を行けるだけの柔軟さと強さを持ちたい……と、思いはするのだけれど、やっぱりどうしようもなくどんよりしてしまう時だってあるわけで。

今までのところ、私が「明日も書くぞ」というエネルギーを保てているのは、読者の人たち――実際に手紙を書いて投函《とうかん》するしないにかかわらず、とにかく私の作品を読んで好きになってくれた人たち――が、さらなる次回作を待ってくれていることを実感できればこそです。厳しい批評も含め、次の作品に期待してもらえていると感じるその時だけ、私は、ものを書くことの寂しさから救われる気がします。

ありがとう。

＊

最近、こんな言葉に出合いました。

「人の顔さえ見れば教えを乞《こ》いたがる人がいるが、そういう人には何も教えてやることはないし、また、人の顔さえ見ると教えようとする人からは何も学ぶことはない」

作家であり教育家でもあった、下村湖人《しもむらこじん》という人の言葉です。

とても厳しい言葉だけれど、妙に心に引っかかって残ったのは、これまで私が小説やエッセイを通して繰り返し書いてきたこととどこかで重なっていたからかもしれません。

「教えを乞いたがる人」とはつまり、自分の足でしっかり立っていられない人のことだろうし、「教えようとする人」とはつまり、相手が自分と違う考え方をするのが許せない人のことでしょう。どちらも、私たちの誰もが陥りやすい穴であり、陥ってはならない穴だと思います。

じつをいうと、皆さんから頂くお便りの中には、恋愛についての相談もたくさんあります。まだ始まっていない恋、現在進行形の恋、終わってしまった恋。さまざまです。

もちろん、人に相談することがいけないというのではありません。誰かに話すだけで気持ちが上向きになる場合だってあるし、相手の言葉によって違う物の見方を教えてもらえることもあるだろうし。あるいはもしかして、誰にも相談できないからこそ、見ず知らずの私に打ち明け話をしてくれるのかもしれません。いくつもの恋愛小説を書いている作家なら正しい答を知ってるんじゃないか、そんなふうに思って。

気持ちは、よくわかります。恋がうまくいかない時って、ほかの何がうまくいかない時より苦しいものね。

でも、本当に申し訳ないのだけれど、私には何も答えてあげることができません。

なぜって、正しい答なんか無いから。あなたのしている恋愛について何らかの判断を下せるのは、あなた以外にいないから、です。

雑誌の恋愛相談の特集などを見ていると、「恋愛はこうあるべき」みたいな凝《こ》り固まったイメージを持っている人が多すぎるように思います。自分が「普通の恋愛」からはずれているために不安になったり、相手の人が「普通の恋人」のようにふるまってくれないために不満をつのらせたり。本来、恋愛に普通《スタンダード》なんかありっこないのに。誰かを想《おも》う形も、誰かとだめになる形も、恋をしている人たちの数だけあっていいはずなのに、どうしてわざわざマニュアルを望んで自分を無理にあてはめようとするかなあ、と、正直言ってすごく歯がゆいです。しっかりせえよ、みんな！

……でも。

四十、五十になっても自分のことを自分で決められない大人たちがたくさんいる今の世の中で、なんとかしてもっと違う自分を生きようとのたうちまわっている若い人たちを見ていると、深く勇気づけられることも確かです。

大人は何かというとすぐ、今の若い者は夢がないとか醒《さ》めているとか人間関係が希薄だとか挫折《ざせつ》に弱いとか刹那《せつな》主義だとか好きなことを言うし、マスコミもそういう面ばかり大きく取り上げるけど（そして確かにそれは現実なのだろうけれど）、少なくとも私のところに届く手紙を読んでいる限りでは、本当はそうでない人たちのほうがずっと多いように思えます。ただ、昔の若者にくらべるといろんな意味で用心深くなっていて（というか、ならざるを得なくて）自分の考えや感情をあまりストレートに表に出さなくなってきただけなんじゃないでしょうか。熱血がカッコよかった時代の大人たちの目には、それが無関心で醒めているかのように映るだけなんじゃないでしょうか。

本当はみんなそれぞれに、真剣に、物事を考えている。この国もまだまだ捨てたものじゃないじゃん！　と、読んでいて感動することだってあるくらいです。

私には、一人一人の悩みに具体的に答えることはできないけれど（だって私自身がまだ悩みの真《ま》っ只中《ただなか》にいるんだもの）、それでも、恋愛や、日々を生きることについての私なりの考え方や思いを、作品を通して伝えていくことならできるんじゃないだろうか、と思っています。

ただし――「教えようとする人」になるつもりはないので言っておきますが――それさえもあくまで、ひとつの考え方でしかありません。私の考え方が正しいとも限りません。

私としてはただ、読んでくれた人が、たとえばショーリとかれんの恋愛の形を合わせ鏡のようにして「自分の」考え方・感じ方を見つけてくれたら、そのことのほうが嬉しいです。苦しんだり、悩んだり、傷ついたりすることを覚悟の上で、恋や夢に飛びこんでいくだけの強さがあったなら、生きていく間に起こるたいていの出来事は乗り越えられるんじゃないかという気がします。

「自分の」恋。「自分の」夢。「自分の」宝もの。

はた目にはどこにだって転がっている平凡なものに見えたとしても、自分だけはそれが特別なものだと知っている、信じられる……。

そんな強さですべてのことにぶつかっていけたら、もう、怖いもんなしだよね。

二〇〇〇年六月

村山由佳

この作品は一九九六年七月、集英社より刊行されました。

集英社文庫　目録（日本文学）

著者	作品	サブタイトル
三好　徹	興亡三国志　五	
武者小路実篤	友情・初恋	
村上政彦	ナイスボール	
村上龍	だいじょうぶマイ・フレンド	
村上龍	テニスボーイの憂鬱(上)(下)	
村上龍	ニューヨーク・シティマラソン	
村上龍	シナリオ　ラッフルズホテル	
村上龍	69 sixty nine	
村上龍	村上龍料理小説集	
村上龍	ラッフルズホテル	
村上龍	すべての男は消耗品である	
村上龍	コックサッカーブルース	
村上龍	龍言飛語	
村上龍	エクスタシー	
村上龍	昭和歌謡大全集	
村上龍	KYOKO	
村上龍	はじめての夜　二度目の夜　最後の夜	
村松友視	男はみんなプロレスラー	
村松友視	薔薇のつぼみ	
村松友視	野郎どもと女たち	
村松友視	天使の卵　エンジェルス・エッグ	
村山由佳	BAD KIDS	
村山由佳	もう一度デジャ・ヴ	
村山由佳	野生の風	
村山由佳	きみのためにできること	
村山由佳	キスまでの距離　おいしいコーヒーのいれ方I	
村山由佳	青のフェルマータ	
村山由佳	僕らの夏　おいしいコーヒーのいれ方II	
群ようこ	トラちゃん	
群ようこ	姉の結婚	
群ようこ	でも女	
群ようこ	トラブルクッキング	
森 詠	オサムの朝(あした)	
森枝卓士	森枝卓士のカレー・ノート	
森川那智子	みんな、やせることに失敗している	
森下典子	デジデリオ　前世への冒険	
森須滋郎	食卓12か月	
森田功	やぶ医者の一言	
森村誠一	魔性ホテル	
森村誠一	失われた岩壁	
森村誠一	死の軌跡	

右段サブタイトル:
- タカコ・H・メロジー　やっぱりイタリア
- タカコ・H・メロジー　イタリア幸福の12か月
- モア・リポート班編　——女たちの生と性——
- モア・リポート　——新しいセクシュアリティを求めて——
- モア・リポートNOW①　性を語る33人の女性の現実
- モア・リポートNOW②　女と男·愛とセックスの関係
- モア・リポートNOW③　からだと性の大百科

集英社文庫

僕《ぼく》らの夏《なつ》 おいしいコーヒーのいれ方《かた》II

2000年 6月25日 第1刷
2000年 7月18日 第2刷

定価はカバーに表示してあります。

著者 村《むら》山《やま》由《ゆ》佳《か》

発行者 小島民雄

発行所 株式会社 集英社
東京都千代田区一ツ橋2—5—10
〒101-8050
電話 03 (3230) 6095 (編集)
(3230) 6393 (販売)
(3230) 6080 (制作)

印刷 凸版印刷株式会社

製本 凸版印刷株式会社

ISBN4-08-747202-7 C0193